Hans Capadrutt · ERINNERUNGEN

Hans Capadrutt

ERINNERUNGEN

Ein Bergbauernbub am Heinzenberg

© 2023 Hans Capadrutt
Umschlag, Layout und Satz: Hans Capadrutt, Domat/Ems
Herstellung und Verlag: BoD – Books on Demand, Norderstedt
ISBN: 9783756 886906

Vorwort

Da ich in meinem Berufsleben immer wieder Bücher mit und für Autoren machen durfte, fand ich, es wäre an der Zeit, einmal selber eines zu schreiben: Über meine Erinnerungen als Bergbauernbub am Heinzenberg.

Nach langem Zögern und Überlegen begann ich. Zuerst vorsichtig, ängstlich, unsicher. So, als ob ich einen Pfad durch einen unbekannten Wald suchte und nicht wüsste, ob ich ihn je finden oder mich sogar darin verlaufen würde.

Nachdem der Anfang gemacht und die erste Lichtung auftauchte, stieg meine Zuversicht. Ich wurde mutiger und der Pfad breiter. Das Schreiben fiel mir immer leichter. Es fing an zu fliessen.

Die meisten Leute, die in diesem Buch vorkommen, Nachbarn, Bekannte, Ferienleute und andere, weilen schon lange nicht mehr unter uns. Von den noch Lebenden hoffe ich, dass sich niemand durch meine Erinnerungen in seiner Privatsphäre verletzt fühlt.

Es ist ein sehr persönliches Buch. Meine Erinnerungen sind deshalb vielleicht für Leser, die nicht in meiner Generation am Heinzenberg aufgewachsen sind, nicht besonders interessant. Trotzdem hoffe ich, dass etwas von dem, was ich in meiner Kindheit erlebt habe, einige Leser erfreuen und vielleicht sogar zum Schmunzeln bringen wird.

Das Verständnis erleichtert ein die mundartlichen und romanischen Wörter erläuterndes Glossar ab Seite 205.

Domat/Ems, Juli 2023

ÄUSSERER HEINZENBERG

Präzer Höhe
2120 m ü.M.

Crest dil Cot
2015 m ü.M.

Sarner Alp

Präzer Alp

Prau Pigniel

Pranzolas

Lescha

DALIN
1180 m ü.M

Präz

Sarn

Portein

Tartar

Valeina

Cazis

Summaprada

THUSIS

Aussichtspunkt Crap Carschenna (1110 m ü.M.)

Ringelspitz
3248 m ü.M.

Taminser Calanda
2390 m ü.M.

Scheid

Raschlinas

Bonaduz

Tomils

Ratitsch

Paspels

Almens

Rodels

Hinterrhein

Pratval

Scharans

Stadt Fürstenau

D O M L E S C H G

Fürstenaubruck

St. Agatha

Sils i. D.

Foto: Hans Capadrutt

Ich danke allen bisherigen Lesern für ermunternde erste Feedbacks und wünsche allen zukünftigen viel Vergnügen beim Lesen meiner Bücher.

Inhalt

Sarn, vorne links Portein.   *Foto: Hans Capadrutt*

DIE ERSTEN JAHRE

Von links: Mama, Papa, Hans, Albert und Christian, ca. 1953.

DER 25. JANUAR 1950

war der wichtigste Tag in meinem Leben. Um 09:25 Uhr wurde ich im Krankenhaus Thusis durch einen Kaiserschnitt aus dem Bauch meiner Mutter geholt.

Es soll ein sehr kalter und schneereicher Winter gewesen sein. Deswegen war es nicht einfach für meine Mutter, mit mir im Bauch von Sarn nach Thusis ins Spital zu kommen. Ein Bekannter aus dem Domleschg soll uns mit seinem Jeep geholt und ins Spital gefahren haben. Heutzutage wäre es wahrscheinlich ein Suzuki.

«Das ist ein haariger Kerl!» soll der Arzt, Doktor Steiner, gesagt haben. Ausser auf dem Kopf ist das immer noch so, nur haben die Haare jetzt an Farbe verloren.

Als Mama mit mir zusammen das Spital nach einer Woche verliess, empfand ich ein Gefühl des Bedauerns. Neben mir auf der Säuglingsabteilung lag ein Mädchen, mit dem ich mich – natürlich unbemerkt von Mama und den Schwestern – angefreundet hatte. Es würde ich jetzt leider nie wieder sehen.

Als meine Eltern heirateten, zog Papa weg von Dalin, wo er mit drei Geschwistern auf einem Bauerngut aufgewachsen war. Nach Sarn ins Haus von Tata, wo Mama mit ihrer Mutter wohnte. Sie pachteten dort ein Gut und hatten so eine kleine Landwirtschaft.

Bei dem Wort «Tata» sehe ich eine weisshaarige, liebevolle Frau vor mir, bei der ich mich sehr wohl und geborgen fühlte. Leider habe ich keine andere Erinnerung als dieses Bild und das sichere Wissen, dass diese Zeit, diese ersten vier Jahre bei Tata, einfach wunderbar waren. Sie kümmerte sich liebevoll um mich, wenn Mama und Papa aufs Feld mussten. Um mich und meine beiden Brüder.

Das Zusammenleben mit meinen Eltern und uns drei Kindern wird für sie wohl nicht immer einfach gewesen sein. Oft kam auch noch meine Tante Tilli, die ältere Schwester von Mama, von Präz her mit mehreren Enkelkindern auf Besuch. Und alle wollten verpflegt und betreut werden.

Tata, Annamarie Schmid-Lanicca.   Christian und Hans.

Tata mit Mama auf dem Arm, Neni mit Bäsi Tilli davor und vorn links Öhi Albert, der als Kind an der Zuckerkrankheit starb.

Wenn heute meine Enkel für einen Nachmittag zu uns kommen, freue ich mich sehr. Aber ich habe auch nichts dagegen, wenn sie nach ein paar Stunden wieder abgeholt werden.

Nachdem das Spielzeug-Chaos aufgeräumt ist, lege ich mich aufs *Kutschi* und atme ein paar Mal tief durch. Meine rot-weiss getigerte Katze Daisy kommt wieder aus der Deckung hervor. Ich streichle ihr weiches Fell, kraule sie hinter den Ohren. Sie fängt an zu schnurren, und die Welt ist für uns zwei wieder in Ordnung.

AUS DEM STALL GESCHLEUDERT

Am Anfang brachten meine Eltern das Heu mit einem vom Ochsen gezogenen Leiterwagen in den Stall. An den Ochsen kann ich mich noch erinnern, wie Mama ihn einen steilen Feldweg hinauf auf die Strasse und ins Dorf führte. Später hatten wir dann auch ein Ross wie die anderen Bauern im Dorf.

Ich bin etwa drei Jahre alt, als ich mich auf dem Maiensäss Parsiras in den Stall begebe, wo das neue Ross steht. Ich will ihm meine Liebe zeigen und lege meine Arme um eines seiner Hinterbeine.

Das schöne Tier versteht meine Liebesbezeugung leider nicht, erschrickt und schlägt aus. Ich muss sein Bein loslassen und fliege in hohem Bogen durch die Stalltüre hinaus. Über den Miststock und in die Nesseln, die sich darunter breit gemacht haben.

Ich kann mich noch an den Stall und das Pferd von hinten erinnern. Wie die Sonne in den Stall schien und auch an den unfreiwilligen Flug in die Nesseln, aber an keine Angst. Ich glaube, ich war nicht einmal erschrocken. Wie durch ein Wunder blieb ich – wohl weil ich das haarige, braune Bein fest umschlungen hatte – unverletzt. Schlimmer wäre es gewesen, wenn das Pferd ausgeschlagen hätte, als ich noch hinter ihm stand.

Unter dem Leiterwagen

Auf demselben Maiensäss hatte Papa eines Tages den leeren Leiterwagen in der Wiese abgestellt. Den Wagen, den das Ross mit Heu oder Heublachen beladen ziehen musste und den wir auch brauchten, um die *Robi* auf den Berg zu transportieren.

Christian und ich klettern auf den Wagen und haben unseren Plausch, darauf zu sitzen, zu liegen und uns wohl zu fühlen. Die Bremse, die den Wagen in der Wiese festhält, wird mit einer Kurbel angezogen und gelöst.
Es dauert nicht lange, bis wir uns mit dieser interessanten Kurbel beschäftigen. Meinem älteren Bruder gelingt es dann, sie zu drehen. Er dreht und dreht und dreht ... Die Bremsklötze lösen sich ... Der Wagen rollt zuerst langsam, dann immer schneller mit uns die Wiese durab.

Mama erzählte später, dass der Wagen sich überschlagen habe, weil die vordere Achse mit den Holmen sich drehte. Der gleiche Effekt wie beim Velofahren, wenn man den Lenker zu stark abdreht. Christian sei noch rechtzeitig vom Wagen gesprungen. Mich aber habe man darunter gefunden, eingeschlossen und geschützt durch die Holzverstrebungen der Seitenwände.

Meine Schutzengel gaben sich wirklich Mühe, damit ich weiterleben konnte.

Im Dorfbrunnen

Etwas, das mich damals ganz ungemein faszinierte, war der Lastwagen von Uli Lareida aus Dalin.

Unter dem Haus von Tata bildete das Haus von Paul Pintg einen kleinen Tunnel über der Strasse. Da hindurch fuhr ab und zu mit lautem Brummen dieses grosse Auto. Nach einiger Zeit tauchte es wieder auf, diesmal von der anderen Seite.

Uli Lareida mit seinem ersten Lastwagen, einem Ford mit dem Kontrollschild GR 1417. Beachtenswert die Telefonnummer 323 auf der Tür.

Fotos: Kulturarchiv Cazis

Das war unheimlich spannend. Wenn das Motorengeräusch anschwoll, ging es sehr schnell. Kaum kam die lange Schnauze hervor, verschwand der Kipper mit Sand auch schon wieder hinter dem Stall Richtung Dalin.

Ich höre, dass Uli unter dem Haus von Tata vorbeifährt, laufe zur Strasse hinunter und unter dem Haus von Paul Pintg hindurch zum grossen Dorfbrunnen, wo der Lastwagen steht. Beim Brunnen bleibe ich stehen, lehne mich an den steinernen Rand und schaue zu, wie Uli und sein Mitarbeiter etwas abladen.

Nach einer Weile versuche ich, auf den Brunnenrand zu klettern, verliere das Gleichgewicht und falle rücklings ins Wasser. Ein Gefühl von Schweben. Über mir wunderschöne blaugrüne Wasserspiele. Ich fühle mich wohl und bin mir keiner Gefahr bewusst.

Mein Sarner Neni und Tata in jungen Jahren.

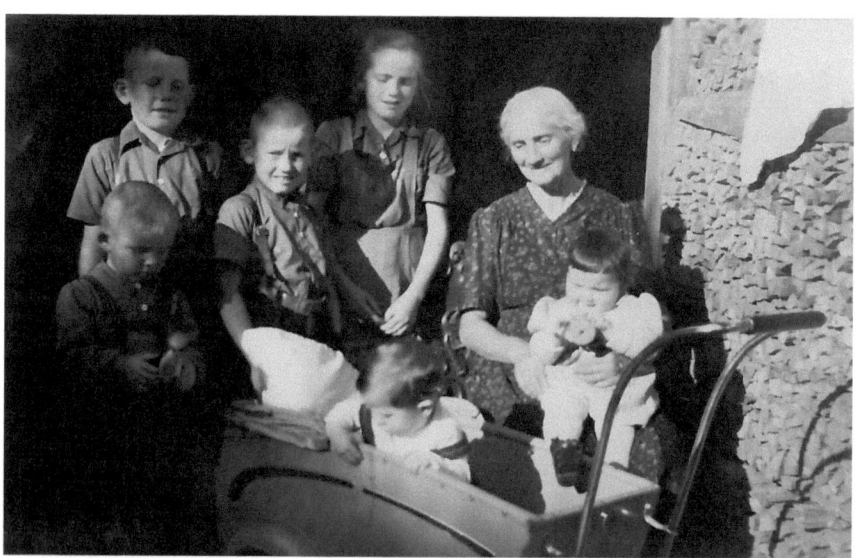

Meine Cousins, die Kinder von Bäsi Tilli Manni in Präz. Von links unten: Arno, Reto, Kurt, Margreth und auf Tatas Schoss Marianne. Im Wagen mein Bruder Christian, 1949.

Als ich erwache, liege ich zu Hause in meinem Bett, dick ein-
gehüllt in Wolldecken. Tata beugt sich über mich und redet
mit mir.

Ich weiss nicht mehr, was sie sagte. Aber mir war bewusst, dass
etwas ganz falsch gelaufen war. Ich fühlte mich schuldig, weil ich
Tata Sorgen gemacht hatte.

Mama erzählte später, dass Uli zum Glück auf der Brunnenseite
des Lastwagens gearbeitet habe und mich noch rechtzeitig aus dem
Wasser fischen konnte.

KÖBIS TÖFF

In Sarn gab es noch etwas, das mich und Christian enorm interessierte: Der Töff von Köbi Gees. Er stand meist neben einem Stall
auf der Strasse nach Dalin. Auch da war ein Durchgang unter Haus
und Stall wie bei Paul Pintg.

Eines Tages versucht mein Bruder auf den schönen roten
Töff von Köbi zu klettern. Kaum ist er oben, fällt das schwe-
re Vehikel um. Christian hat Glück und kommt unverletzt,
aber mit einem ziemlichen Schrecken davon. Wir rennen, so
schnell wir können weg, nach Hause zu Tata und den Eltern.

Ob Köbi herausfand, wer seinen Töff zu Fall gebracht hat, weiss
ich nicht. Er war ein sehr ruhiger, freundlicher Mann mit wunderbar strahlenden hellblauen Augen. Als Schreiner und Zimmermann
auch ein Ein-Mann-Unternehmer wie Uli Lareida.

Meine Erlebnisse in der Erinnerung sind wie Traumszenen. Bilder, kleine Filme, nur Bruchstücke. Ich sehe das Bild mit dem Töff
von Köbi, die Brunnenszene mit mir als Hauptdarsteller, Tata, wie
sie sich über mich beugt. Das ist alles. Keine Erinnerung an davor

oder danach. Ebenso ist es mit allen anderen Erlebnissen von Sarn, über die ich schreibe. Nur einzelne Szenen und Bilder. Wie Fotografien oder ganz kurze Filme.

DAS EI IM BARMEN

Mit meinem Bruder erkundete ich oft die Umgebung von Tatas Haus. Die Gassen, die Ställe ... Es gab keine Verbote, soweit ich mich erinnern kann. Man liess uns unsere eigenen Erfahrungen machen, was ich gut finde. Ich nehme aber schon an, dass man ein Auge auf uns hatte.

Unterhalb von Tatas Haus steht ein alter Stall, den mein Bruder und ich schon lange auskundschaften wollten. Eines Tages öffnen wir die schwere Stalltür und tappen in das Halbdunkel hinein. Es riecht nach kaltem Mist. Nachdem sich meine Augen etwas an die Dunkelheit gewöhnt haben, entdecke ich in einem Barmen ein weisses Etwas. Ich nähere mich behutsam und finde in einer Tole aus Stroh ein frisch gelegtes Ei. Ich taste nach ihm, greife seine Form, nehme es in die Hand und bin völlig fasziniert von meinem Fund. Es ist eine wunderbare Entdeckung für mich, ein Wunder.

Beim Einkaufen freue ich mich jedes Mal, ein Pack mit grossen Bio-Eiern auszusuchen. Am liebsten habe ich die braunen, obwohl mein Ei im Barmen weiss war. Zu Hause dämpfe ich im Steamer jeweils eine Packung auf Vorrat. Wenn ich dann mitten in der Nacht Hunger bekomme, esse ich stehend in der Küche so ein hartes Ei mit etwas Aromat dazu. Eine Ernährungsberaterin hat mir gesagt, da sei alles drin, was ein Leben brauche.

Ob das Huhn oder das Ei zuerst existierte, ist in diesem Moment kein Thema. Wenn es mir schmeckt und der Hunger gestillt wird, sage ich zu allem ja, was essbar ist.

FREMDE SPIELZEUGAUTOS

Gegenüber vom Dorfbrunnen in Sarn steht ein grosses Haus. Davor spielten manchmal Kinder, die dort auf Besuch oder in den Ferien waren. Die kleinen Buben besassen schöne farbige Spielzeugautos, die ich und meine Brüder nicht hatten. Ich hätte so gerne auch eines gehabt oder wenigstens mit einem gespielt. Doch die fremden Buben waren nicht bereit, ihre Autos zu teilen.

Meine Enkel sind gesegnet mit einer ganzen Bagger-, Lastwagen-, Traktor- und Autoflotte, die sie von Götti, Gotta, Tat, Onkel und Neni, Nona und Bekannten bekommen haben.

Ich glaube, dass sie ein gutes Gefühl dabei haben, und das freut mich. Wenn sie zu uns auf Besuch sind, holen sie immer zuerst die Autos hervor, die wir noch von unseren Söhnen her bei uns haben. Die werden auf dem Teppich ausgebreitet, und dann wird gespielt. Dass ich, der Neni, mitmachen muss, ist selbstverständlich. Sie verstehen auch, dass ich nicht mehr so schnell mit einem Auto auf den Knien durchs Wohnzimmer robben kann, und geben mir leichtere Aufgaben. Wie zuschauen, Briobahn aufbauen oder Sirup servieren.

NENIS PFEIFEN

Weit oben und unerreichbar für mich, lugen ein paar Pfeifen zu mir herab. Sie liegen auf dem Buffet in der Stube, auf das sie vielleicht noch mein gestorbener Neni gelegt hat, und sie ziehen mich magisch an. Mir ist, als ob sie mir gehörten. Ich muss wohl ziemlich gestürmt haben, denn irgendwann gibt man mir eine in die Hand.

Das ist dann ein unbeschreibliches Gefühl. Das dunkelbraune, gefaserte Holz, die schwungvolle Biegung vom Kopf zum Mundstück und eine gewundene grüne Schnur als Zierde. Ich will die Pfeife von meinem Neni nicht mehr hergeben.

Leider waren die Pfeifen dann plötzlich verschwunden. Darüber habe ich in meinem Leben immer wieder nachgedacht, wieso diese Pfeifen nicht mehr da waren.

Seltsamerweise ist mir erst vor ein paar Jahren der Gedanke gekommen, dass Mama oder Papa oder vielleicht auch Tata die Pfeifen versorgt haben könnten, damit ich aufhörte zu stürmen.

Meinen Neni von Sarn, Tatas Mann, dem die Pfeifen gehörten, habe ich nie gekannt. Er starb zwölf Jahre vor meiner Geburts. Er war Landjäger in Pany und St. Antönien und hatte dort am Dorfeingang das Haus *Bellavista* gebaut, wo Mama geboren worden ist.

NESA

Eine besondere Beziehung muss ich zu Nesa gehabt haben. Nesa war unsere Nachbarin und die Güte in Person. Auf jeden Fall muss ich mit meinen zwei oder drei Jahren sie tief ins Herz geschlossen haben.

Einmal soll ich das ganze Dorf hinunter bis in den Laden gelaufen und durch die aufgeweichte Naturstrasse, die *Molta*, mit einem grossen Brot für Nesa zurück gekommen sein. Nesa hatte mich natürlich nicht geschickt, aber sie soll gesagt haben, ich solle es ihr nur geben, das könne sie schon brauchen.

Mama erzählte einmal – mit einem bedauernden Ausdruck im Gesicht –, dass Nesa gerne Wein trinke. Jemand hätte sogar durch die geschlossene Tür hindurch gehört, wie sie, nach jedem Schluck, das Glas auf dem Tisch abgestellt hätte. Dieser «Jemand» muss sein Ohr wohl sehr nah an Nesas Tür gehalten und sogar hindurchgesehen haben. Wie sonst wäre es möglich gewesen zu wissen, was Nesa in ihrem Glas hatte.

Arme Nesa. Sie wird wohl einsam gewesen sein, mein Brot konnte ihr nicht helfen.

GIOVANNI

In Sarn hatten wir einen Knecht, der Giovanni hiess. Ich erinnere mich, dass ich auf der Laube lag und von oben herab durch einen Spalt im Holzboden beobachtete, wie er mit dem *Bieli* vor dem Schopf Holz spaltete.

Aus irgendeinem Grund mochte ich Giovanni besonders. Er bedeutete mir viel. Wahrscheinlich, weil er so anders war als die anderen Leute im Dorf und eine andere Sprache hatte.

Zu jener Zeit gab es viele Italiener im Dorf, die den Bauern bei der Arbeit halfen. Am Abend, nach getaner Arbeit, trafen sie sich dann am Dorfbrunnen zum grossen Palaver.

Das sei ein Heidenlärm gewesen, erzählte Mama. All die jungen Italiener die in ihrer Sprache lachten und sangen. Natürlich in typisch südländischer Lautstärke.

Die lebenslustige Art der Italiener war sicher ein schöner Kontrast und eine Auflockerung zu der ernsten, nur auf Arbeit und Fleiss ausgerichteten Lebensweise der Einheimischen.

Einem dieser Südländer gelang es sogar, ein einheimisches Mädchenherz zu erobern und ein tüchtiger Schwiegersohn eines Sarner Bauern zu werden.

PUM PONI

Es gibt noch ein Erlebnis in Sarn, dass ich nie vergessen habe. Es hängt mit Toni und einem seiner Brüder zusammen, beide viel grösser und älter als ich.

Eines Tages treffe ich im Dorf auf Toni und seinen Bruder. Die Beiden lupfen mich über eine Mauer in einen kleinen Garten, wo ich gefangen bin. Sie laufen weg und tun, als ob sie gehen würden. Dann kommen sie zurück, hänseln mich und spielen ihre Macht aus. Ich weine, habe Angst und ein schlimmes, ohnmächtiges Gefühl.

Mama erzählte später, dass mich das noch lange beschäftigt habe. *Pum Poni* soll ich immer wieder gesagt haben, was in meiner Sprache damals soviel wie dummer Toni bedeutete.

ERSTE KONTAKTE NACH DALIN

Eines Tages – wahrscheinlich an einem Sonntag – besuchten meine Eltern mit uns Buben vom Maiensäss Parsiras aus Nana und Neni, Öhi Balza und Bäsi Anna auf ihrem Maiensäss Prau Pigniel.

Papa hält mich an seiner starken Hand. Wir laufen über einen schmalen Steg, der über einen wild rauschenden Bach führt. Auf beiden Seiten riesig hohes Gras. So riesig, weil ich noch so klein bin. Ich habe Angst vor dem Bach, der wilden Gegend. Es ist unheimlich und fremdartig.

Dieser Besuch war der erste bewusste Kontakt zu den Daliner Verwandten. Ich kann mich noch an Neni und die Hütte erinnern aber nur verschwommen. Das ist alles.

Eines Tages brachte man mich nach Dalin zu Nana, Neni, Öhi Balza und Bäsi Anna. Ich verstand nicht, warum man mich zu diesen Leuten brachte. Ich musste dann dort übernachten, im Zimmer bei meiner Tante.

Bäsi Anna liegt mit geschlossenen Augen und gefalteten Händen im Bett. Hinter ihr und mir gegenüber steht ein mit geschnitzten Köpfen verzierter dunkler Kasten, der mir Angst macht. Meine Tante ist noch eine Fremde für mich. Ich mache die ganze Nacht kein Auge zu.

Am anderen Tag musste Öhi Balza mich mit seinem Ross wieder nach Hause fahren, nach Sarn zu Tata, wo ich mich so viel wohler fühlte.

EIN NEUES ZUHAUSE

Dalin heute.   *Foto: Hans Capadrutt*

Dalin, ca. 1945. In der Wiese unterhalb der Strasse wird gemistet.

Fotos: Kulturarchiv Cazis

Andreas Lareida, der «Alte Deia», ca. 1945. Die beiden Frauen hinten auf der Bank sind vermutlich Nana und hinter dem mittleren Rechenstiel Bäsi Anna.

Anna Capadrutt-Camenisch feiert am 16. Juni 1938 in bester Gesundheit ihren 95. Geburtstag.

Die Familie von Papa

Meine Urnana war eine robuste Frau. Wahrscheinlich in der gleichen Art wie ihre Enkelin, meine Bäsi Anna.

Sie wurde fünfundneunzig Jahre alt und war, soviel ich weiss, nie krank. Kaum zu glauben bei der damaligen Lebensweise. Jahrein, jahraus arbeiten. Vom Morgen bis am Abend, im Haushalt, auf dem Feld und im Stall. Dazu vier Kinder grossziehen. Bettwäsche, Kleider, Windeln waschen am Brunnen. Kein Kühlschrank in der Küche und schon gar kein Geschirrspüler.

Und erst die Ernährung. Keine steril in Plastik abgepackte Bio-Kost vom Coop, Migros oder Aldi. Das muss gewimmelt haben von «Käfern» aller Art. Wie konnten die Leute das damals nur überleben? ;-)

Papa erzählte ab und zu lachend, dass seine Nana einmal auf der Strasse bei Song Onna dem Pfarrer begegnet sei. Der habe sich Zeit genommen und lange mit ihr geplaudert.

So lange bis sie das gleiche Problem bekommen habe wie ich in der zweiten Klasse bei Fräulein Göhring. Und es auch auf die gleiche Weise gelöst habe.

Als ob es die normalste Sache der Welt wäre, habe sie etwas den langen Rock gelupft und – während sie sich mit dem Pfarrer weiter unterhielt – ihr Problem auf die Strasse rinnen lassen.

Weil Papa als Bub scheinbar auch nicht immer so *folgte* wie er es später von uns Buben verlangte, davonlief und machte, was er wollte, liess sich seine Nana etwas Besonderes einfallen, um ihn zu kontrollieren.

Eines Tages habe sie einen langen Kälberstrick auf die Wiese mitgenommen und das eine Ende ihm und das andere sich selbst um die Taille gebunden. So habe sie dann seelenruhig weiter gearbeitet und ihr Enkel musste ihr auf Schritt und Tritt bei der Arbeit nachlaufen.

Ölbild. Urneni Johann Balthasar Capadrutt, geb. 1843, Bierbrauer in Neapel.

Urnana Anna Capadrutt, geb. 1843, war eine Tochter von Thomas Camenisch von Portein. Ihr Mann, mein Urneni Johann Balthasar Capadrutt, war – wie Papa erzählte – einmal Bierbrauer in Neapel.

Ihre Tochter, meine Nana Anna Capadrutt, geb. 1894, war eine Pedrett von Präz und heiratete meinen Neni Christian Capadrutt.

Neni mit Papa, Nana mit Bäsi Anna, Öhi Balza und Urnana (ca. 1927).

Neni, Nana, Papa, Bäsi Anna und Öhi Christli auf dem Bänkli vor der Hütte von Prau Pigniel (ca. 1950).

Nana, Bäsi Anna, Urnana, Öhi Christli, Papa (ca. 1940).

ZÜGLETE

An die Züglete nach Dalin im Jahre 1954 kann ich mich nicht erinnern. Die frühesten Bilder haben mit Bäsi Anna zu tun. Bäsi Anna war die Schwester von Papa, meine Tante und romanische Kindergärtnerin der *Scoletta* in Präz.

In diesem romanischen Kindergarten sitze ich dann eines Tages mit mehreren anderen Kindern an einem Tisch. Wir kneten aus farbigen Plastilinstäben Figuren. Ich fühle mich nicht wohl. Der fremde Ort, dieses dunkle Holzhaus zuunterst im Dorf, die anderen Kinder, mit denen ich in der Gruppe zusammen sein muss und die mir noch nicht vertraut sind ...
Das war schwer am Anfang. Mir fehlte die Geborgenheit, die Sicherheit, das Vertraute ... und Tata.

BÄSI ANNA

Meine Tante war eine dynamische Frau. Als Mama meinen Bruder und mich an einem Morgen zum Heuen auf eine Wiese unterhalb vom Dorf mitgenommen hatte, tauchte plötzlich Bäsi Anna auf. Energisch und ohne Mama um Erlaubnis zu fragen, nahm sie uns Buben an der Hand und schleppte uns nach Präz in die Scoletta.

Mit grossen Schritten lief sie voraus. Uns blieb nichts anderes übrig, als zu rennen. Die Bäsi streckte den kleinen Finger nach unten und sagte *de i kini*, was soviel hiess wie *gib den Finger* oder *nimm meinen kleinen Finger*. Und so klammerte ich mich an ihrem kleinen Finger fest, und sie zog mich hinter sich her bis in die Scoletta.

Mama war gerade das Gegenteil von Bäsi Anna, ganz ohne diese Dynamik. Sie hatte es, mindestens in den ersten Jahren, nicht leicht in der Familie meines Vaters. Ich erinnere mich an eine Szene, in der Öhi Balza, Papas Bruder, in der Stube auf Mama einredete, die

Die Scoletta vor *Sontg Onna* in Dalin. Albert und Hans stehen vor Bäsi Anna, ca. 1955.

Die Scoletta in der Quadra-Wiese in Präz. Hans in der hintersten Reihe zwischen Rosmarie (links) und Marlene, 1956.

Von links: Christian, Albert, Hans. Skihosen, Pullover und Mützen von Mama geschneidert und gestrickt, ca. 1954.

Von links: Christian, Hans, Albert mit Barri, ca. 1957.

weinte. Ich war noch zu klein, um zu verstehen, was los war, doch die Situation bedrückte mich.

«Bäsi Anna ist ein *Ross*!», sagte sogar Papa von seiner Schwester. Mit diesem *Ross* musste Mama dann mehrere Jahre im gemeinsamen Haushalt zurechtkommen. Mit ihr, Nana, Neni und Öhi Balza. Bald musste sie für alle kochen, weil die anderen mit der groben Arbeit im Feld und im Stall beschäftigt waren.

Eine riesige Arbeit gab natürlich die Wäsche für so viele Personen. Vor allem die Bettwäsche, die man etwa fünzig Meter *durab* – und später wieder *duruf* – zum und vom *Untara Dorfbrunna* schleppen musste, wo ein Holzofen mit einem riesigen Metall-*Kessi* stand.

Dieses *Kessi* wurde mit Wasser gefüllt und mit grossen Holzscheiten befeuert, bis das Wasser die nötige Temperatur hatte. Dann kam die Wäsche hinein. Die Leintücher, Kissen- und Bettdeckenanzüge wurden mit einer langen Holzkelle immer wieder gedreht und gesotten.

Mit der gleichen Technik, wie man Spaghetti um eine Gabel wickelt, wurde die Wäsche mit der Holzkelle zum Brunnen geschleppt und dort mit einer grossen Bürste im kalten Wasser geschrubbt, bis sie sauber war. Mama erzählte oft, was das für ein Krampf war.

Ein anderes Beispiel, warum Bäsi Anna von Papa als *Ross* bezeichnet wurde: Wir waren auf dem Maiensäss *Prau Pigniel* am Heuen. Papa und Bäsi Anna warfen das Heu auf den Wagen, jeder von einer Seite. Das Fuder war schon ziemlich hoch, doch die Bäsi stemmte ihre Heugabel mit soviel Kraft und Schwung in die Höhe, dass das Heu auf der anderen Seite Papa auf dem Kopf landete statt auf dem Fuder.

Papa sagte manchmal, seiner Schwester fehle ein Mann. Dann mussten wir lachen, weil wir alle wussten, dass es kein Mann schaffen würde, sie zu zähmen.

Martin Bundi, der nachmalige SP-Nationalrat, gab in jungen Jahren eine Zeit lang Schule in Präz. Papa erzählte einmal, dass er damals an meiner Tante interessiert gewesen sein könnte. An sich hätte das gut gepasst, könnte man meinen. Sie und er, ein Oberländer und späterer Präsident der Renania, wären mit ihrem Romanisch wie Schwester und Bruder gewesen.

Bäsi Anna war eine Kämpferin. Sie kämpfte bis zu ihrem frühen Tod für ihr Romanisch und speziell für ihren Präzer Dialekt, den *Plead da Preaz*. Sie schrieb Gedichte und Liedtexte, erzählte im romanischen Radio Geschichten und redete mit uns immer romanisch. Wir verstanden ungefähr, was sie sagte, antworteten aber meist auf Deutsch, weil wir wegen Mama in unserer Familie – der Familie innerhalb Papas Familie – nur Deutsch sprachen.

Mama wollte auf keinen Fall Romanisch lernen. Sie sagte mir später einmal, dass sie diese Sprache gehasst habe. Also muss sie trotz ihrem zierlichen Äusseren doch ziemlich stark gewesen sein, wenn sie sich gegen Bäsi Anna durchsetzen konnte.

Interessant ist, dass Tata, Mamas Mutter, in Sarn mit Nesa, der ich damals das Brot vom Dorfladen gebracht hatte, romanisch redete. Romanisch war damals am äusseren Heinzenberg noch stark verbreitet. Warum Mama davon nicht inspiriert wurde, weiss ich nicht. Sie war eben von ihrem Vater her eine Walserin, eine von Langwies.

Viele Jahre später, als ich als Schriftsetzer in der Druckerei Bischofberger in Chur arbeitete, half ich Bäsi Anna einmal, ihr eigenes Heinzenberger Romanisch unverändert zu veröffentlichen.

Pfarrer Michael aus dem Schams war damals Redaktor der romanischen Zeitschrift «Casa Paterna», die ich betreute. Bäsi Anna schickte ihm ihren Beitrag in ihrem Romanisch und schrieb, dass sie es genau so gedruckt haben wolle. Als das Manuskript in der Druckerei und bei mir im Satz ankam, waren die Randspalten voll roter handschriftlicher Korrekturen, die ich für den Druck ausführen sollte. Pfarrer Michael hatte Bäsi Annas Heinzenberger Romanisch ins Schamser Romanisch abgeändert.

Ich nahm das korrigierte Manuskript mit nach Dalin und zeigte es meiner Tante. Sie war empört und befahl mir, alles so zu lassen, wie sie es geschrieben habe. Also machte ich in Bäsi Annas Auftrag keine Korrekturen. Ihr Artikel wurde im Heinzenberger bzw. im Präzer Romanisch gedruckt.

Als Pfarrer Michael das las, war er empört, und wie! Ich entschuldigte mich mit Bäsi Annas Auftrag, da sie ja die Autorin sei. Deshalb hätte ich gedacht, dass sie das Sagen habe.

Wer die romanische Mentalität kennt, versteht, dass Pfarrer Michael mir das nie vergessen konnte. Natürlich habe auch ich das nie vergessen, denn schliesslich habe auch ich fünfzig Prozent romanisches Erbe in mir.

Vor etwa zwanzig Jahren ergab es sich, dass wir uns anlässlich eines Evangelischen Kirchentages in Valendas an einem Tisch in der Turn- und Festhalle gegenüber sassen. Pfarrer Michael war schon sehr alt und erkannte mich nicht mehr. Man kam am Tisch ins Gespräch. Ich merkte, dass er gerne gewusst hätte, wer und woher ich und mein Begleiter waren. Wir sagten, wir kämen von Domat/Ems; unsere Frauen seien dort im Kirchenvorstand. Darauf fragte Pfarrer Michael, wie denn meine Frau heisse. Als ich den Nachnamen nannte, ging ein Ruck durch den alten Mann. Er bekam glänzende Augen. Hob die Hand mit gestrecktem Zeigefinger gegen mich: «Sie! Sie haben mir damals die Korrekturen von Annas Artikel nicht gemacht! Ohhh! Ja, ja! Das war nicht in Ordnung!»

Dann schwieg er, verlor sich in Gedanken und schaute mich nur noch ab und zu intensiv an. Wahrscheinlich erlebte er in der Erinnerung noch einmal seine Schamser-Romanisch-Niederlage und den Sieg von Bäsi Anna mit ihrem Heinzenberger Romanisch. Das hatte er nicht vergessen. Und ich auch nicht.

Pfarrer Michael habe ich nie mehr getroffen. Jetzt ist er ja schon seit vielen Jahren in den anderen Welten, wo, so hoffe ich auf jeden Fall für ihn, Schamser Romanisch gesprochen wird. Und auch Bäsi Anna ist schon lange gestorben und könnte vielleicht ganz in der Nähe von Pfarrer Michael logieren. *Magari* hat sie sogar Anhänger für ihr Romanisch gefunden oder arbeitet mit Pfarrer Michael zusammen an einem *Rumantsch in Tschiel*.

Im Beruf und auch im Militär war ich oft mit Romanisch sprechenden Leuten zusammen. Doch jedes Mal, wenn ich etwas von meinen bescheidenen Heinzenberger Romanisch-Kenntnissen von mir gab, erntete ich Gelächter. «Was ist denn das für ein Romanisch?» hiess es. So bin ich darauf gekommen, das Erbe von Bäsi Anna für mich zu behalten, und habe jetzt fast vieles vergessen.

Das meist gehörte Romanisch in meiner Umgebung ist das Oberländer Romanisch, und das tönt doch sehr anders, als das von Bäsi Anna. Als Kinder haben wir uns immer über das *mira leu!* von Mengia, der Frau von Gieri in Dalin, lustig gemacht. Wir sagten ja «varda» für «schau» nicht «mira» wie die Oberländer.

Ich habe immer wieder daran gedacht, doch noch richtig Romanisch zu lernen. Dieses Vorhaben ist daran gescheitert, dass kein Romanisch dem von Bäsi Anna genug ähnlich war. Und etwas anderes wollte und konnte ich nicht lernen. Die Prägung durch meine dynamische Tante war wohl einfach zu gross.

Eines Tages kaufte die Bäsi sich eine Geige. Fortan hörten wir ab und zu seltsame Geräusche aus dem unteren Stock, wo sie mit Nana, Neni und Öhi Balza wohnte. Meine Tante versuchte, das Geigenspiel sich selber beizubringen.

In diesem Fall wäre etwas mehr Bescheidenheit allerdings von Vorteil gewesen. Ich kann mich an keinen einzigen schönen, harmonischen Ton erinnern, der zu uns in den oberen Stock herauf geklungen wäre. Es tönte jeweils eher wie das gequälte Jammern einer unglücklichen Seele im Fegefeuer oder wie das Geräusch von seit Jahren nicht mehr geölten Eisenscharnieren einer Stalltüre. Mir tat die schöne Geige leid.

Mir fällt aber auch auf, dass Bäsi Annas Charakter sich irgendwie quervererbt haben könnte und gewisse Anlagen von ihr auch in mir vorhanden sind. Auch ich habe immer zu Extremismus geneigt und habe mir nie gerne etwas sagen lassen. Das führte dann dazu, dass ich für alles, was ich lernen wollte, länger brauchte als jemand, der einfach das übernahm, was schon andere herausgefunden hatten.

Bäsi Anna hatte im Verborgenen aber auch ein Herz aus Gold. Sie wurde aufgrund ihrer Tätigkeit in der Scoletta für etwa zwanzig Kinder als Gotta angefragt. Sie nahm alle Anfragen an und verteilte auch jedes Jahr so viele Geschenke, wie sie Patenkinder hatte.

In ihr brannte eine enorme Liebe, die sie eben nicht einem Mann und eigenen Kindern, sondern dem Romanischen und ihren Patenkindern weitergab. Sie war sehr kreativ, bastelte, malte und kreierte Spiele. Ich kann mich an Puzzles erinnern, die sie selbst zeichnete, anmalte und dann mit der Laubsäge zuschnitt. Natürlich spielte sie Flöte und sang mit uns in der Scoletta. Sie schrieb viel, dichtete und liess sogar ein Büchlein mit ihren Gedichten drucken. Es gibt auch romanische Lieder mit ihren Texten, die heute noch Chöre in der Gegend ab und zu vortragen.

In der Scoletta bastelten wir mit Bäsi Anna Kasperlifiguren aus Zeitungspapier, das wir im Wasser auflösten und dann im Leim tränkten. Nachdem wir aus dieser Masse das Wasser herausgepresst hatten, konnten wir Gesichter für die Kasperlifiguren formen und, wenn das Material trocken war, anmalen. Im Hals machten wir von unten her ein Loch bis in den Kopf. Dann kam ein Kleid mit Ärmeln dazu, und wir konnten mit drei Fingern die Figur bespielen. In den Kopf kam der Zeigefinger, in die Ärmel der Daumen und der Mittelfinger.

Bäsi Anna spielte uns auch oft Kasperlitheater vor. Das machte sie so gut und dramatisch, dass wir vor Angst schlotterten und uns fast die Haare zu Berge standen. Ihre Figuren schrien, weinten, lachten und kämpften, dass wir völlig aus dem Häuschen gerieten und uns fast nicht mehr beruhigen konnten. Sie feierte mit uns auch bei Kerzenlicht Kinderweihnachten in der Turnhalle. Daran habe ich ganz wunderbare Erinnerungen.

Besonders viel Freude hatte ich an den biblischen Geschichten in der Sonntagsschule. Bäsi Anna hängte an die Wand jeweils ein weisses Tuch mit dem See Genezareth. Darauf heftete sie die Figuren von Jesus und den Jüngern, die sie auf Karton gemalt und ausgeschnitten hatte. Dass diese Figuren auf dem Tuch hafteten, faszinierte mich. Ich hätte gerne gewusst, wie das möglich war. So wie mich auch brennend interessierte, wie die Leute im Jelmoli-Katalog von Mama farbig und lebensecht aufs Papier kamen. Diese Neugier war wohl einer der Gründe, weshalb ich später einen Beruf in der Druckbranche gelernt habe.

Viele Jahre später, als meine Eltern, meine Frau und ich uns im Spital Thusis von Bäsi Anna verabschiedeten, war ich danach lange unsäglich traurig und niedergedrückt. Ich wusste, dass ich sie zum letzten Mal gesehen hatte. Sie gab mir und meiner Frau, die sie immer Ruthli nannte, noch die sanfte Ermahnung mit auf den Weg, gut zueinander zu schauen.

Bevor ich die Türe zu ihrem Zimmer schloss, drehte ich mich noch einmal um. Bäsi Anna schaute geradeaus in die Ferne, in das neue Land, in das sie bald gehen würde. Ich wusste, dass sie keine Zweifel hatte. Sie war eine religiöse Frau. Sie hatte mich nicht nur in der Scoletta viel gelehrt, sondern auch in der romanischen Sonntagsschule.

NANA

Mit Nana, der *Momma* von Bäsi Anna, meinem Vater, Öhi Balza und von Öhi Christli hatten wir drei Buben es oft lustig, meist allerdings auf ihre Kosten. Nana war aber immer nachsichtig mit unseren Spässen und trug uns nie etwas nach.

Wenn wir im Acker Härdöpfel steckten, mussten wir Buben den schweren Drahtkorb mit den geschnittenen Sämlingen rückwärts den Hang *duruf* tragen, während Papa, Mama und Nana mit der Hacke ein Loch für den nächsten Setzling in die Erde gruben.

Unsere Aufgabe war es, die Härdöpfelsämlinge in das entstandene Loch zu werfen, worauf es wieder zugedeckt wurde und ein neues Loch für den nächsten Setzling weiter oben gemacht wurde. Dieser Job war, vor allem wenn der Korb noch voll war, schwere Arbeit für uns. Wenn sich der Korb dann langsam leerte, wurde es leichter. Wir machten uns ab und zu einen Spass daraus, bei Nana einen Setzling absichtlich neben das Loch zu werfen.

Manchmal *trolte* der halbierte Härdöpfel dann zwischen Nanas Beinen mit ihren dicken Wollstrümpfen hindurch den Acker hinunter, bis er in einer Furche ein oder zwei Meter weiter unten stecken blieb.

Beim ersten Mal merkte sie jeweils noch nicht, dass es kein Zufall war. «Mmo!» sagte sie nur, holte den Setzling und warf ihn in die kleine Grube. Nach ein paar Treffern ging dann wieder einer daneben und

Nana auf dem *Kutschi*, ca. 1980.

so weiter. Bis Nana merkte, dass wir es absichtlich machten und anfing zu jammern. Statt nur «Mmo!» sagte sie dann «Mmo, das müant iar nit macha mit dar Nana!»

Spätestens in dieser Phase bekam auch Papa mit, was vor sich ging, und wir bekamen einen harschen Verweis. Das genügte dann, um uns zu disziplinieren, weil wir es nicht bis zum gefürchteten *Klapf um d´Ohra* kommen lassen wollten.

Am Anfang in Dalin musste ich mich an das neue Umfeld und an die neuen Leute gewöhnen. Nana war lange nur die Nummer zwei nach Tata. Doch mit den Jahren – Tata starb als ich sieben war – verblasste ihr Bild und sie wurde zu einer echten Nana für mich.

Nach dem Essen wischte sie mir manchmal mit dem Abwaschlumpen übers Gesicht. Das *gruste* mich, denn dieser Lumpen wurde nicht so oft gewaschen und gewechselt wie heute, wenn überhaupt. Er war nass, stank nach Fett, Käse und ranziger Butter.

Nana trug immer dicke graue oder schwarze Wollstrümpfe, auch im Sommer beim Heuen, egal wie heiss es war. Das war unter anderem eine Sache der Moral.

Mama erzählte uns, dass Nana und Bäsi Anna am Anfang, als wir in Dalin zusammen wohnten, so unmoralische Angewohnheiten wie das Tragen von Socken statt langer wollener Strümpfe vehement ablehnten und als unmoralisch bekämpften.

Natürlich trug Mama nie diese wollenen Strümpfe und galt deshalb wohl als unmoralisch. Aber auch Bäsi Anna ist später unmoralisch geworden. Ich habe sie auf jeden Fall nur mit kurzen Socken oder normalen Strümpfen in Erinnerung. Nur Nana blieb bis zuletzt ihren wollenen Strümpfen treu.

Wenn wir am Heuen waren, brachte uns Nana am Vormittag das *Znüni* und manchmal auch am Nachmittag das *Zvieri* in einem Korb auf die Wiese. Wir setzten uns dann alle zum *Zmarend* unter einem Haselstrauch oder einem Laubbaum in den Schatten. Das *Znüni* und das *Zvieri* bestand aus einer Kanne Kaffee, Brot, Käse und/oder Speck.

Nana hatte die Angewohnheit, den Kaffee mit viel Milch zu verdünnen. Deshalb klagte Mama oft, der Kaffee wäre zu schwach. Sie hatte einen niederen Blutdruck und wäre froh um einen stärkeren Kaffee gewesen. Wir Buben tranken diesen Kaffee gar nicht, weil er uns zu sehr nach Milch schmeckte. Wir tranken alle drei überhaupt keine Milch, ausser wenn Mama Forsanosa dazu gab.

Als Papa unserem Tierarzt Dr. Fromm erzählte, dass seine Buben keine Milch tränken, meinte der, er würde uns das schon beibringen. Das machte mir etwas Sorgen, weil ich dachte, Papa würde uns zu ihm in einen Milchtrinker-Kurs schicken.

Eines Tages ertappten wir Nana, wie sie beim Heuen etwas kaute. Wir fragten sie, was sie da esse. Es stellte sich heraus, dass sie immer ein kleines Stück harten Käse im Sack hatte, um damit ab und zu den stärksten Hunger zu stillen. Das gab sie ungern zu, lachte dann aber selber mit uns über ihre Angewohnheit.

Heute denke ich, dass das eine gute Idee war. Denn die Arbeit war streng. Es dauerte lange, bis Mittag war und es wieder zu Essen gab. Ich fühlte mich oft elend schwach auf der Wiese und schwor mir einmal, dass ich nie Bauer werden würde. Ich stellte mir im Gegenteil vor, dass ich als Erwachsener den Bauern beim Heuen im Liegestuhl von der Veranda eines Ferienhauses aus zuschauen würde, so wie die Ferienleute, die in unserem Dorf ein Haus gekauft hatten.

Statt ein Stück Käse wie meine Nana hatte ich bei der Arbeit immer einen Apfel dabei. Von dem nahm ich ab und zu einen Bissen, wenn ich am Computer arbeitete. Das nahm mir den Durst und half mir auch, wenn ich Hunger hatte. Den angebissenen Apfel legte ich jeweils bis zum nächsten Biss auf ein Blatt Papier. Meine Kolleginnen und Kollegen spotteten manchmal über meine Gewohnheit. Doch ich liess mich nie davon abbringen.

Auch im Auto habe ich immer einen Apfel im Behälter neben dem Schalthebel. Auch angebissen und deshalb manchmal mit braunen Rändern. Das *Pitschgi* entsorge ich, indem ich auf der rechten Seite die Scheibe herunterlasse und warte, bis eine Wiese «vorbeifährt». Dann fliegt es in hohem Bogen in die Natur und ist entsorgt.

Von Nana besonders in Erinnerung geblieben ist mir das Sorgen. Nana sorgte sich ständig und jeden Tag. Es war eigentlich ihre Hauptbeschäftigung. Wenn wir mit dem Rapid und dem mit Heu vollbeladenen Anhänger ins Dorf einfuhren, erwartete sie uns händeringend mit sorgenvollem Gesicht vor ihrem Haus am Daliner-Tobel.

Wenn wir fragten, was sie habe, sagte sie mit brüchig-jammernder Stimme: «Mo, d´Nana het Sorga.»

«Was für Sorga?»

«Dass äppis passiera könnti bim Heua mit am Motor ...»

Damals lachten wir über Nanas Sorgen. Heute muss ich sagen, dass sie nicht unbegründet waren. Wenn wir mit dem vollen Heufuder aus der steilen Wiese fahren mussten, bestand oft die Gefahr, dass der Anhänger mit dem Heu kippen konnte. Deshalb stützten Papa und zwei von uns Buben das Heufuder auf der Talseite mit Heugabeln. Manchmal mussten wir auch den Rapid stützen, weil das schmale Gefährt ab und zu wirklich kippte, zum Glück aber nie das Fuder mitriss.

Ich spüre heute noch das Gewicht, das auf mich drückte, während wir Schritt für Schritt mit dem Fuder mitliefen, bis die Gefahr vorüber war. Zum Glück ging immer alles gut. Wenn der Wagen gekippt wäre, hätte er uns mit Sicherheit unter sich begraben. Heute frage ich mich, wie Papa das damals verantworten konnte.

Der Rapid war ein sogenannter Einachser, schmal und hoch gebaut, mit Holmen zum Lenken und Schalten. Eigentlich gar nicht geeignet für steile Wiesen.

Später kam dann der Aebi, ein sogenannter Ladewagen, zweiachsig, tiefer und in die Breite gebaut. Allerdings war er nicht so vielseitig nutzbar wie der Rapid, mit dem man auch mähen und mit einer speziellen Vorrichtung sogar Mist verteilen konnte.

Vor vielen Jahren machte ich mit der Familie einen Ausflug nach Vals zum Zervreila-Stausee. Es war Sommer, und die Valser Bauern waren am Heuen. Ihre Ladewagen, auf mehrere Wiesen verteilt, schienen an den extrem steilen Hängen zu kleben. Ich war froh, dass ich nicht mehr unter solchen Bedingungen arbeiten musste.

Gründe zur Sorge fand Nana immer, unter anderem natürlich auch wegen ihrer und anderer Leute Gesundheit. Eines ihrer Hilfsmittel gegen Sorgen und Unwohlsein waren kleine weisse Tabletten: Contra-Schmerz. Da ihr ziemlich oft «nit rächt guat» war, hatte sie immer ein Röhrchen davon in der Schürze. Diese Schmerz-Tabletten gibt es immer noch. Ich habe im Internet nachgeschaut. Jetzt gibt es sogar die Contra-Schmerz plus.

Wir Buben fanden damals die Contra-Schmerz essende Nana lustig und sagten: «D'Nana ässt Contraschmerz wia Zückarli».

Auf jeden Fall hat es ihr nicht geschadet. Sie wurde vierundachtzig Jahre alt, musste nie ins Spital und durfte zu Hause in ihrem Heim sterben, bis zuletzt betreut und umsorgt von ihrer Tochter.

Bäsi Anna behandelte ihre Mutter manchmal wie ein Kind. Sie dirigierte sie vor uns und anderen Leuten herum und zupfte an ihrem Kleid und der schwarzen Schürze, bis alles so aussah, wie sie ihre *Momma* haben wollte. Nana nahm das alles mit einem unvergleichlich nachsichtigen, entschuldigenden Lächeln hin. Sie kannte ihre dynamische Tocher in und auswendig und wäre ohne sie wohl auch hilflos gewesen.

Am Tag vor der Beerdigung zeigte mir Papa meine Nana in ihrem Zimmer. Sie lag auf ihrem Bett mit gefalteten Händen. Auf ihrem Gesicht lag ein ganz leichtes, unglaublich glückliches Lächeln. Das rührte mich tief. Ein Gefühl von Glück und Weite durchflutete mich. Es sagte mir, dass es keinen Tod gibt.

Neni

Meine Erinnerung an den Neni von Dalin beschränkt sich leider nur auf ein paar Bilder oder Szenen, die dafür aber sehr klar sind.

Er war, soweit ich ihn erlebte, ein knorriger, eher mürrischer alter Mann. Schuld daran waren sicher seine Altersbeschwerden, hervorgerufen durch die viele harte Arbeit und so etwas wie Osteoporose. Denn in den letzten Jahren lief er stark gebückt am Stock.

Als er starb, war ich in der sechsten Klasse und gerade auf der Schulreise. Als wir nach Hause kamen und es hiess, der Neni sei gestorben, fiel ein dunkler Schatten über mich. Es dauerte lange, bis ich mich wieder besser fühlte.

Heute kann ich das besser verstehen, weil ich drei Enkelkinder habe, die an mir den Narren gefressen haben und mich bei jedem Besuch von der ersten Sekunde an in Beschlag nehmen.

Neni hatte eine Katze, an der er sehr hing: Sepp, ein gutmütiger, schwarz-weiss gefleckter Kater. Er strich ihm oft mit seinen knorrigen Fingern vom Kopf her über den Rücken, fasste ihn dann am Schwanz und hob ihn lachend hoch. Das machte ihm grossen Spass, und Sepp schien das nicht zu stören. Heute mache auch ich – in Erinnerung an meinen Neni – das Gleiche mit meiner Katze Daisy.

Als die Maul- und Klauenseuche in der Gegend ausbrach, kam ein Polizist ins Dorf, der jede frei herumlaufende Katze erschiessen musste, weil die Gefahr bestand, dass die Katzen die Seuche weiter verschleppen würden. Das mit der Seuche und dem Polizisten, der auf unsere Katzen Jagd machte, schwebte lange Zeit wie eine dunkle Decke über dem Dorf.

Eines Tages, als ich aus dem Haus trat, war auf der Strasse der Polizist in die Hocke gegangen. Er zielte mit seiner Pistole in die Gasse, wo Sepp, sich keiner Gefahr bewusst, gemütlich heraufgeschlendert kam, gerade auf den Polizisten und seine Pistole zu.

Mir stockte der Atem. Wie gelähmt blieb ich stehen. Was sollte ich tun? Doch dann öffnete sich mit einem Knall die Türe im unteren Stock. Der Neni! «Na! Na! Na!» rief er erbost, lief mit einer energisch abwehrenden Handbewegung gegen den Polizisten zu Sepp, nahm ihn auf den Arm und verschwand mit ihm im Haus.

Mir fiel ein Stein vom Herzen. Sepp war gerettet und blieb es auch. Nach ein paar Tagen gab es Seuchenentwarnung, und der Polizist kam nicht wieder. Leider war Sepp eine Ausnahme. Fast alle Katzen im Dorf sind getötet worden. Jeder Schuss war einer zuviel für mich.

Neni war fast zwanzig Jahre älter als Nana. Wegen ihr, weil er sie heiratete, musste seine Schwester Bäsi Marie aus dem Haus. Bäsi Marie wohnte dann mit ihrem Mann Marti in dem viel kleineren Haus, das an das Haus von Neni und Nana angebaut war.

Das war der Grund, warum die beiden vierzig Jahre nicht mehr miteinander redeten. Etwas, was in der Gegend üblich war. Man machte den *Grind* gegen jemand, der etwas gesagt oder getan hatte, das einem nicht passte. Statt dass man miteinander geredet hätte. Aber über Probleme reden, das war etwas, was die alten Bauern nie gelernt hatten. Schon gar nicht, wenn es Beziehungsprobleme waren.

Neni lief oft in gebückter Haltung mit einer Hand auf dem Rücken bis zum Holzschopf vor dem «Grossen Haus». Dort setzte er sich auf eine Bank, die aus einem langen Brett bestand, das man auf Holzrugel gelegt hatte. Manchmal kamen Nachbarn dazu. Öhi Marti, die Pfeifen rauchenden Janett und Gieri und, wenn sie Zeit und Lust hatte, auch Nana.

Mein Neni hatte noch einen anderen Lieblingsplatz. Ein kleiner Hügel neben der Wiese, wo heute der Stall und das Haus von Mirko, seinem Uren-

Neni mit Fanny.

kel, steht. Dort sass er oft, an den Bretterzaun gelehnt, und sinnierte vor sich hin. Wenn er gewusst hätte, dass in dieser Wiese einmal Haus und Stall von seinem Urenkel stehen würden, hätte er wahrscheinlich den Kopf geschüttelt und *Moh!* gemurmelt.

Eines Tages wollten wir Buben, immer auf der Suche nach neuen Abenteuern, ein Zelt in *Danlarasch* bauen. *Danlarasch* ist eine mit Lärchen und Stauden überwachsene Weide ausserhalb von Dalin, wo wir oft spielten und auch das Vieh hüteten.

Papa war nicht da. So besorgten wir uns, ohne Erlaubnis, ein paar Heublachen aus dem Stall. Schwer bepackt liefen wir zum Dorf hinaus, neben *Sontg Onna* vorbei und den Weg hinauf, der zu unserem Zielort in *Danlarasch* führte. Doch leider gab es dort ein Hindernis. Der Neni sass am Weg auf seinem kleinen Hügel und stoppte unser Vorhaben. In einem Ton wie später mein schlimmster Chef, reklamierte er laut und befahl uns rigoros, die Heublachen sofort wieder zurück zu bringen, wo sie hingehörten. Heublachen

Von links: Nana, Hans, Neni, Bekannte, Mama mit Christian, Albert.

Urnana, Nana mit Öhi Christli, Neni; Öhi Balza, Bäsi Anna, Papa, 1930.

Von links: Jakob aus Präz, Öhi Marti, Nana, Neni, Janett mit Barri auf dem Bänkli vor dem Holzschopf bei *Sontg Onna.*

waren seiner Meinung nach zum Arbeiten und nicht zum Spielen da. Murrend schleppten wir die ganze *Bagaschi* wieder durchs Dorf zurück in den Stall. Von Neni so einen Befehl entgegenzunehmen, war hart. Von Papa hätte ich dieses Verbot leichter akzeptiert.

Als wir noch kleiner waren, sass der Neni auch einmal auf diesem Hügel. Wir drei Buben wollten auf ihm herumturnen, so wie es meine Enkel heute mit mir machen. Aber der Neni wusste sich zu wehren, strich uns mit seinen harten Fingern lachend übers Gesicht und stiess uns immer wieder weg. Dabei foppte er uns, indem er uns auf Romanisch «Tschöngs giuvens», junge Hunde, nannte. Wahrscheinlich hatte er früher manchmal auf diese Weise mit jungen Hunden gespielt.

In seinen letzten Jahren verbrachte mein Neni jeden Tag viele Stunden lesend am Stubentisch, neben sich am Boden das hölzer-

Neni auf seinem Hügel.

ne Speuztrückli mit Sackmehl. Beim Lesen wollte er – ausser von Sepp, seinem Kater – nicht gestört werden. Doch das war irgendwie an mir vorbeigegangen.

Eines Tages stand ich hinter dem warmen Ofen, fühlte mich mit dem lesenden Neni wohl, und fing an, ein Lied für ihn zu singen. Eines, das ich in der Schule gelernt hatte und das mir besonders gefiel: «Der Kuckuck und der Esel». Doch, wie ich schnell merkte, interessierte der Neni sich nicht für diese Tiere. Laut und ärgerlich rief er: «Hör uf mit dära Canera!»

Auch vom Telefon war mein Neni nicht begeistert. Manchmal, wenn es besonders lange klingelte, behauptete er, das könne nur Anna sein, niemand sonst liesse es so laut klingeln. Es wäre ihm nie in den Sinn gekommen, den Hörer abzunehmen.

Mit seiner Tochter Anna hatte er das Heu nicht immer auf der gleichen Bühne. Eines Tages arbeitete sie im Holzschopf. Dabei schlug sie mit dem Bieli so fest zu, dass die Holzscheite einzeln durch die Luft flogen. Eines davon traf Neni am Kopf, so dass er blutete. Auf seinen Schmerzenslaut hin gab Bäsi Anna eine spöttische, ja eine böse Antwort, so in der Art, dass so ein harter Grind das schon verkraften könne. Natürlich alles auf Romanisch. Deutsch sprach Bäsi Anna nur mit Leuten, die nicht vom Berg waren. Mit Ferienleuten, Touristen oder mit dem deutschen Pfarrer.

ÖHI BALZA

Wenn es einen Menschen gibt, an den ich nur gute Erinnerungen habe, dann ist das Öhi Balza. Balza als Abkürzung für Balthasar. Als wir noch ganz klein waren, nannten wir ihn Öhi Za.

Öhi Za und später Öhi Balza war gross und hager und hatte einen unvergleichlichen Humor. Er war der ältere Bruder von Papa und machte oft lustig, wie wir das nannten. Nach jedem Spass schüttelte er sich vor Lachen; sein braungebranntes Gesicht verzog sich zu einem einzigen Faltenspiel. Dabei zeigte er seine vom vielen Kautabakkauen gelb-braun verfärbten Zähne, die dann stark dem Gebiss seines geliebten Rosses Fanny ähnelten.

Den Kautabak kaufte Öhi Balza in Präz im Dorfladen, den meine Tante und Gotte Tilli dort viele Jahre führte. Kautabak konnte man damals, eingerollt wie eine dünne Schlange von vielleicht knapp einen Zentimeter im Durchmesser, in jedem Dorfladen kaufen. Die Tabak-Rolle war in dunkelblaues Papier verpackt, *magari* zehn Zentimeter im Durchmesser und ebenso hoch.

Ich sah immer gerne zu, wie der Öhi aus dieser Verpackung die Tabakschlange herauszog, davon ein längeres Stück mit dem Sackmesser abschnitt und ein kaugerechtes Stück davon mit dem Messer zwischen die Zähne schob. Beim Kauen kam dann eine Ausbuchtung an seiner Backe zum Vorschein, die ab und zu die Seite wechselte, von links nach rechts und umgekehrt. Nachdem sich genug Saft angesammelt hatte, spitzte er die Lippen und spie einen kräftigen Strahl dunkelbraune Brühe auf die Wiese oder die Strasse, wo er sich je nachdem gerade befand.

Viele Männer kauten damals Tabak. Wenn mein Vater im Winter auf dem Berg das Vieh fütterte, lief er jeden Tag vom Dorf durch den Schnee aufs Maiensäss und am anderen Morgen mit einer *Brente* Milch auf dem Rücken wieder zurück ins Dorf.

Das erste Mal musste der Weg durch den Tiefschnee bis auf den *Berg Prau Pigniel* hinauf neu gestampft werden. Das war sehr anstrengend, vor allem wenn viel Schnee lag. Nach ein paar Tagen hinauf- und hinunterlaufen, entstand dann ein *Wägli*. Ein schmaler Pfad, tief eingestampft im Schnee und nur gerade so breit, dass zwei Schuhe nebeneinander Platz hatten. Um den Weg bis zum Maiensäss möglichst kurz zu halten, wurden diese Pfade ziemlich direkt und steil angelegt.

Ich bin ein paar Mal als Bub hinter meinem Vater aufs Maiensäss gelaufen. Die braunen Kautabak-Spuren, die ab und zu links und rechts neben dem *Wägli* den Schnee verzierten, zeigten mir, dass nicht nur Papa diesen Pfad benutzte. Er hat, soweit ich mich erinnern kann, nie *geschickt*. Wenn so ein Pfad einmal angelegt war, wurde er auch von anderen Bauern benutzt. Es gab aber noch andere Spuren im Schnee, die vor allem gelblich waren, meist nicht von den Bauern, sondern von ihren Hunden, die sie aufs Maiensäss begleiteten.

Öhi Balza hatte nie eine Frau, worüber er oft selber Witze machte. Fanny war seine grosse Liebe. Ich erinnere mich, wie er am Sonntagmorgen jeweils sein Ross mitten in Dalin beim Dorfbrunnen mit einer Bürste nass abschrubbte. Über den Rücken zum Hinterteil bis zum langen schwarzen Schwanz, zu den Flanken, von vorn nach hinten, von hinten nach vorn, über Hals und Bauch und die langen schlanken Beine hinab bis zu den Hufen.

Fanny liess diese wöchentliche Prozedur gleichmütig über sich ergehen und zupfte nur ab und zu mit seinen samtenen Lippen den Öhi zärtlich am Ärmel seiner blauen Kutte.

Öhi Balza sagte einmal, sein Fanny mache so schöne *Rosspolla*, dass man sie am Sonntag in einer Schale auf den Stubentisch stellen könnte, an Stelle eines Blumenstrausses. Danach verzog sich sein Gesicht zu einem heftigen, lautlosen, langen Lachen. Ich kann mich nicht erinnern, dass er je böse zu mir war oder mit mir schimpfte.

Bei der Arbeit auf der Wiese war der Öhi, vor allem was die Werkzeuge wie Sense, Heugabel, Rechen usw. betraf, ein Perfektionist. Er arbeite nur mit den besten *Waffis*, verkündete er einmal mit hocherhobenem Kopf, alles andere sei Quatsch. Quatsch war ein Wort, das er oft gebrauchte.

Falls eine Sense nicht perfekt *haute*, rief er *merda!*, verliess die Wiese und begab sich in die Werkstatt im Stall, wo er die Schneide nochmals *tengelte*.

Beim *Tengeln* wurde die Sense an der Schneide von Hand mit dem Hammer oder mit der Tengelmaschine um ein paar Millimeter platt geschlagen/gedrückt, damit sie wieder mit dem Wetzstein geschärft werden konnte. Das darum, weil die Schneide durch das ständige Wetzen mit der Zeit um diese Millimeter kürzer und dicker wurde und deshalb immer weniger *haute*.

Öhi Balza, als er schon lange nicht mehr *schickte*.

Falls eine *Sägasa* aber auch nach erneutem *Tengeln* den hohen Ansprüchen meines Onkels nicht genügte, kam er gar nicht mehr auf die Wiese zurück. Er fuhr mit dem nächsten Postauto nach Thusis und kaufte sich eine neue.

Eines Tages nahm Öhi Balza mich und meine Brüder mit aufs Maiensäss *Prau Pigniel*, wo wir ihm beim Holzsägen helfen sollten. Wir sassen hinten auf der Ladebrücke von seinem Eiger und freuten uns auf den Tag mit unserem Onkel.

Vor der Hütte auf der Wiese stand der alte Sägebock, daneben lagen Äste und Bretter auf dem Boden. Der Öhi war bei guter Laune, machte ab und zu einen Spass mit uns und legte bald fachmännisch einen dicken Ast über den Holzbock.

Die Holzsäge bestand aus dem Sägeblatt, das in zwei Holzstreben von etwa fünfzig Zentimeter Höhe eingespannt war. Die beiden Seitenstreben wurden in halber Höhe von einer Querstrebe zusammengehalten, die etwas kürzer war als das Sägeblatt. Zuoberst verband die beiden Seitenstreben eine dicke, doppelt gedrillte Schnur, in der ein Holzteil steckte, womit man die Schnur weiter eindrehen konnte, falls das Sägeblatt nicht genug gespannt war.

Wir Buben mussten das Holz auf beiden Seiten festhalten und in die X-Vertiefung des Sägebocks drücken. Öhi Balza setzte mit der Säge an, zog und schob und drückte. Die Säge quiteschte, sägte, quietsche ..., quietschte, blieb stecken. Der Öhi bekam einen roten Kopf. Er riss und zog an der Säge, bis er sie wieder frei bekam. Dann war der erste Durchbruch geschafft. Wir Buben schauten uns grinsend an, weil wir sahen, dass der Öhi mit dieser *Waffi* gar nicht zufrieden war.

Auch beim nächsten Schnitt blieb die verfl... Säge stecken. Der Öhi hatte die Angewohnheit, die Zungenspitze herauszustrecken, wenn er sich anstrengen musste. Das wussten wir, und als seine Zungenspitze dann tatsächlich hervorkam, hatten wir Mühe das Lachen zu unterdrücken.

Die Erlösung kam, als ihm die Geduld ausging und er zu fluchen anfing: «Huari Sagi! Huari Sagi!» Dieser Ausruf löste bei uns Buben endgültig einen gewaltigen Lachkrampf aus. Vor allem auch, weil er «huari» statt «huara» sagte. Als der Öhi uns lachen sah, stutzte er eine Sekunde, dann fing er an zu grinsen. Und dann lachten wir alle zusammen, bis uns die Tränen kamen. Dieses Erlebnis habe ich nie vergessen. Immer wieder, wenn ich meinen Bruder treffe, wir Erinnerungen von früher austauschen und auf Öhi Balza zu sprechen kommen, taucht dieses Erlebnis auf. Stichwort: «Huari Sagi».

Ein anderes lustiges Erlebnis mit dem Öhi auf *Prau Pigniel*: Mein älterer Bruder Christian war damals vielleicht zehn Jahre alt. Papa, Mama, Albert und ich sassen nach getaner Arbeit vor der Hütte und genossen den Feierabend. Christian war irgendwo und Öhi Balza im Heustall beschäftigt.

Plötzlich hörten wir den Öhi toben: *Saugof! Wart nu, di varwütsch i scho!* Kurz darauf flitzte Christian wie ein Blitz aus dem

Heustall und rannte längsseits vom Stall auf die Hütte zu. Knapp hinter ihm der Onkel.

Wir kannten den Grund für diese Verfolgungsjagd nicht, sahen aber, dass die Sache ernst war. Mein Bruder rannte, als ob es um sein Leben ginge, denn seine Beine waren nur halb so lang wie die vom Öhi. Der holte auf und streckte bereits die Hand aus, um den *Saugof* zu fassen ... Doch im letzten Moment entwischte ihm Christian um die Stallecke und rannte blitzschnell *ds Loch ab*. Weg war er. Der Öhi mit hochrotem Gesicht und ausser Atem sah ein, dass er, wenn es abwärts ging, mit seinen langen Beinen meinem flinken Bruder hoffnungslos unterlegen war.

Er schimpfte noch ein paar Mal auf Romanisch und verzog sich dann wieder in den Stall. Christian kam nach diesem Vorfall längere Zeit nicht mehr zum Vorschein. Er war sich wohl nicht ganz sicher, ob er vielleicht auch noch von Papa etwas hören würde, weil er seinen Bruder geärgert hatte. Doch dem war nicht so, auch Papa hatte sich köstlich amüsiert.

Als Öhi Balza nach einer Weile wieder aus dem Stall kam, hatte er sich beruhigt. Er war nicht nachtragend und konnte, so wie beim *Huari Sagi*-Ereignis, auch über sich selber lachen.

ÖHI CHRISTLI

Öhi Christli (Christian), der Jüngste der vier Geschwister, war nicht mehr zu Hause als wir von Sarn nach Dalin zügelten. Er muss damals, weil zwanzig Jahre älter als ich, vierundzwanzig gewesen sein und arbeitete im Zürcher Unterland als Zimmermann.

Wenn er ab und zu auf Besuch kam, war das immer ein Ereignis. Der Götti brachte eine ganz andere Schwingung mit, als wir es gewohnt waren: leicht, fröhlich, aufgestellt und sorglos. Er scherzte, erzählte von seinen Erlebnissen und half auch beim Heuen auf *Prau Pigniel* mit. Er lebte ein ganz anderes Leben, als wir es kannten. Sogar Papa gelang es nicht, seine gute Laune zu stoppen. Er war für mich wie ein Sonnenschein. Und er war MEIN Götti! Ich war ungeheuer stolz auf ihn.

Als er dann seine zukünftige Frau kennen lernte und sie uns zusammen besuchten, wurde es noch aufregender. Silvia war sehr freundlich und hatte intensiv strahlende blaue Augen. Aber das Besondere war, dass sie völlig anders war als Bäsi Anna und Mama. Silvia kam wie man uns erzählte, aus einer «besseren Familie». Und sie redete auch ganz anders als wir: Züridialekt.

Jedes Jahr auf Weihnachten/Neujahr bekam ich ein Geschenk vom Götti. Einmal sollten es dann neue Ski sein, wie man mir hinter vorgehaltener Hand mitteilte.

An den Stall unter unserem Haus in Dalin hatte man vor Jahren einen Anbau gemacht. Mit Öhi Christli als Zimmermann. Da drin, in der Werkstatt, befanden sich eine Hobelbank, Sensen, die Tengelmaschine, eine ganze Reihe Kuhglocken entlang den Wänden aufgehängt und die Schleudermaschine für den Bienenhonig. Hier, hatte mein Bruder gesagt, montiere mein Götti die Bindung auf mein Weihnachtsgeschenk. Meine Freude war kaum auszuhalten. Es wurde Weihnachten. Ich bekam mein Geschenk und war sehr stolz auf meine neuen roten Ski mit dem gelben Belag.

Wichtig war, dass man gut wachste. Sonst klebte der Schnee an der Lauffläche, und man bekam ihn nur mit Mühe wieder weg. Dieses Problem hatten meine Brüder und ich aber meistens im Griff. Es gab mehrere Wachssorten, die wir eifrig ausprobierten: Rot, Orange, Gelb, Silber ... , je nach Schneelage und Körnung.

An einem schönen Wintertag durfte ich Papa begleiten und mit ihm im Stall auf dem Berg übernachten. Mit den neuen Ski auf den Schultern stapfte ich den steilen Pfad bergauf. Papa, drei Schritte vor mir, stieg langsam und gleichmässig im Berglerschritt voran. Auf dem Rücken die leere Milchtause, auf dem Kopf die schwarze Zipfelmütze mit dem kleinen Zottel, der je nach Wetterlage die Windrichtung anzeigte.

Auf dem Berg angekommen, fütterte Papa das Vieh. Nach dem Nachtessen in der Hütte machte er für mich im Stall in der *Trauf-*

la ein Heulager zurecht und deckte mich mit einer *Blacha* zu. Ich fühlte mich geborgen, machte jedoch die ganze Nacht kein Auge zu, weil es vom Heuboden her zog. Als ich dann endlich hörte, dass Papa aufstand, war ich froh, dass die Nacht vorbei war. Als er fragte, ob ich gut geschlafen habe, sagte ich ja. Ich wollte nicht, dass er sich Vorwürfe machte.

Nachdem Papa mit der Arbeit im Stall fertig war, machten wir uns auf den Weg zurück ins Dorf. Wir durquerten den tief verschneiten Wald und gelangten danach auf freies Feld. Ich schnallte meine neuen Ski an und freute mich darauf, Papa zu zeigen, wie gut ich fahren konnte. Der Schnee glitzerte in der Sonne und war hart mit nur ganz wenig Pulver obendrauf.

Ich startete, bekam Tempo, machte ein *Christania* und rutschte mehrere Meter über den Schnee. Ich fuhr weiter, machte wieder eine Kurve und rutschte wieder. Bei der nächsten Kurve war der Hang steiler. Ich fiel auf die Seite und glitt mehrere Meter *durab*. Das machte mich wütend. Ich schämte mich vor Papa.

Erst viel später wurde mir klar, wieso meine Ski auf diesem harten Schnee nicht gehalten hatten: Meine Götti hatte die Light-Version gekauft, Skier ohne Kanten. Weil es noch keine Skilifte bei uns gab, dachte er vielleicht, dass ich wie er nur im Pulverschnee fahren würde, von der Präzer Höhe hinunter nach Dalin.

Später bekam ich dann die Ski von meinem Cousin Kurt. Die waren zwei Meter zehn lang und eigentlich viel zu gross für mich. Doch sie hatten Kanten. Ich kam gut mit ihnen zurecht und gewann damit drei Jahre nacheinander das Schülerrennen in Präz.

GRÄV

Gräv (so geschrieben, wie es ausgesprochen wurde) ist ein Wort, das bei meiner romanisch sprechenden Familie allgegenwärtig war. Mir scheint heute, dass damals fast alles – in verschiedenen Abstufungen – als *gräv* empfunden wurde.

Man nahm das Leben schwer. Man durfte es auch gar nicht leicht nehmen, denn das hätte bedeutet, dass man oberflächlich oder liederlich war. «Tut i gräv» (alles ist schwer) ist ein romanischer Ausruck, der meine ganze Kindheit begleitet hat wie eine Warnung, das Leben ja nicht zu leicht zu nehmen.

Mit dem Wort *Gräv* war auch eine unterschwellige Botschaft verbunden. Sie hatte etwas mit den dicken Strümpfen zu tun, die Nana auch mitten im Sommer trug und die früher auch Bäsi Anna getragen hatte, weil das Zeigen der nackten Beine als unmoralisch galt. Das Leben war nicht nur schwer, weil die Arbeit schwer war, sondern auch, weil Vieles, was Freude machte, als unmoralisch galt.

Als Bäsi Anna und Öhi Balza mit Nana ins neu erbaute Haus bei der Daliner Säge gezogen waren, durften wir Buben – weil wir in unserem alten Haus keine Gelegenheit dazu hatten – ab und zu ihr Bad benutzen.

Ich war etwa fünfzehn, als ich mich einmal nach dem Baden zu Bäsi, Öhi und Nana in die Stube gesellte. Der SW-Fernseher lief. Ein Beziehungs- oder Liebesfilm. Die Geschichte entwickelte sich. Eine Frau, ein Mann tauchte auf, man näherte sich an ... Mir gefiel das, ich war an diesem Thema schon lange interessiert. Als es dann aber richtig interessant wurde und der Mann die Frau in die Arme nahm und küssen wollte, stand Bäsi Anna abrupt auf, rief *merda!* und schaltete den Fernseher aus.

Ich schaute Öhi Balza an, weil er als Mann verdächtigt werden konnte, dass ihm gefallen haben könnte, was im Sinne seiner Schwester unmoralisch gewesen wäre. Öhi Za jedoch sagte nichts, schaute in die Ferne und überspielte die Situation. Nana, etwas irre lächelnd, schaute mich entschuldigend an. Die Bäsi jedoch tigerte, sichtlich aufgebracht und in ihrer Moral verletzt, durch die Stube.

Eines Tages machten wir mit der Scoletta einen Ausflug. Wir sassen in einer Wiese ausserhalb von Präz im Gras. Die Sonne schien, die Vögel sangen. Es war ein Tag zum glücklich sein. Bäsi Anna stimmte ein Lied an, das wir mitsingen sollten: «Maria sass auf einem Stein», natürlich auf Romanisch. Wer den Text kennt, weiss, dass er vom Sterben handelt. Ich begriff schon anhand der Melodie, dass es Maria sehr schlecht ging. Mit dem Klang der romanischen Worte zusammen ergab das soviel *gräv*, dass ich grosse Angst bekam. Ich konnte nicht verstehen, warum Maria so traurig war und warum sie deswegen auf einem Stein sass. Wieso wählte meine Tante so ein Lied für so kleine Kinder an so einem schönen Tag?

An einem Sonntag machte ich mit ein paar Daliner Kindern einen Ausflug durch den Präzer Wald zum *Balveinsersee* oberhalb Rhäzüns. Dort angekommen sahen wir, dass noch ein paar Mädchen, etwas älter als wir, am See waren. Sie machten Fangis, spielten, lachten und kreischten.

Als ich dann hörte, dass diese fröhlichen Mädchen auf Romanisch kreischten, brachte mich das völlig aus dem Gleichgewicht. Die romanische Sprache war für mich untrennbar mit Bäsi Anna verbunden und daher mit all ihren Eigenschaften von Strenge und Disziplin. Nie hatte ich sie so lachen hören, nie war sie so ausgelassen und fröhlich. Wie konnten also diese romanischen Mädchen so fröhlich sein?

Ihr Romanisch war zwar etwas anders als das von Bäsi Anna, doch es war eindeutig Romanisch. Und weil wir einen Heimviehhirten von Rhäzüns hatten, wusste ich, dass es ein katholisches Romanisch sein musste. Das war noch schwerer zu verstehen. Scheinbar gab es Menschen, für die trotz der romanischen Sprache – und sogar, wenn sie katholisch waren – das Leben nicht so *gräv* war wie für meine Tante.

GRÄV UND FANGIS

Als ich fünfzehn war, machten wir Kinder an einem Sonntagabend Fangis in Präz. Ich war der Einzige, der schnell genug rennen konnte, um ein blondes Mädchen einzufangen, das so schnell rennen konnte wie eine Gazelle.

Es begab sich dann, dass diese Gazelle sich einmal in einen offenen Heustall flüchtete und sich dort gefangen nehmen liess ...

Wir sind beide ausser Atem, bleiben voreinander stehen und sehen uns an. Nach einer Weile schreitet sie langsam auf mich zu ... Ihre blauen Augen leuchten im Halbdunkel ... Ganz nah vor mir bleibt sie, schwer atmend, stehen ... Und dann spüre ich, zum ersten Mal in meinem Leben, den Unterschied meines Oberkörpers zu dem eines weiblichen Wesens. Dieses Wesen drückt dann ihre Stirn an meine und schaut mir tief in die Augen. Nach einer Weile löst sich der Unterschied ihres Körpers von dem meinen und sie flüstert, dass wir wieder zurück müssten zu den anderen, damit es nicht auffalle, dass wir etwas miteinander hätten.

Am östlichen Ende des Dorfes stand damals noch das Waschhaus von Präz. Eigentlich war es nur noch ein fast leerer kleiner Bau mit einem Ziegeldach. In dieses Gebäude schlichen wir uns beim nächsten Mal Fangis machen und übten dort – ungesehen, wie wir glaubten – die ersten Küsse.

Einen Tag nach so einem Treffen stürmte Bäsi Anna ins Haus und erzählte meinem Vater, was Schlimmes ich beim Spielen in Präz verbrochen hätte.

Wie ich später erfuhr, hatten die kleineren Buben mitbekommen, dass zwischen der Gazelle und mir etwas abging, wie man heute sagt. Sie folgten uns, kletterten von hinten her aufs Dach vom Waschhaus und hoben dort einen Ziegel hoch. Sie erzählten, was sie gesehen hatten, den anderen Kindern und die meiner Tante, die sofort zu Papa lief und ihm das in «Grävmanier» berichtete.

Papa war schockiert, mit der Situation völlig überfordert und sprach zwei Wochen lang kein Wort mehr mit mir. Ich nahm es aber nicht so schwer, weil ich wusste, dass für mich auf diesem Gebiet noch viele schöne Erlebnisse folgen würden, die von niemandem beobachtet oder verurteilt werden könnten.

NACHBARN

JANETT UND KÄTHI

Die nächsten Nachbarn waren eine der vier Familien in Dalin mit gleichem Nachnamen. Papa Janett mit seiner Frau Käthi und den fünf Kindern Annetta, Kassian, Agnes, Rosmarie und Hansli.

PAPA JANETT arbeitete im Wald und hatte meist eine Pfeife zwischen den Zähnen, was vielleicht ein Grund war, dass er sich kaum mit Worten äusserte. Er war der wohl wortkargste Mensch, den ich in meinem Leben getroffen habe. Ich kann mich nicht erinnern, dass er in meiner Gegenwart jemals mehr gesagt hätte als: «Ja scho ... Aha ... Nei». Aber ich kannte ihn ja auch nur, als ich Kind war und sah ihn eigentlich selten.

Dafür war seine Frau gesprächiger. KÄTHI war eine Tirolerin, und das konnte man an ihrem Dialekt auch hören.

«Jetz muasch im Pett!» sagte sie jeweils am Abend, wenn der Jüngste, «dar kli Hans», nicht *folgen* wollte.

Käthi war eine gute Nachbarin für meine Mutter und für uns alle. Immer freundlich, hilfsbereit und humorvoll.

Als sie über neunzig war, traf ich sie einmal zusammen mit Mama in der Cafeteria im Spital Thusis. Sie war gerade beim Coiffeur gewesen, scherzte mit mir über ihre Frisur und witzelte, dass sie halt nicht mehr die Jüngste sei. Mit diesem Humor war sie mit Mama auf der gleichen Wellenläge. Ihr und ihrer Familie fehlte zum Glück alles *Gräv*. Ich kann mich auch nicht erinnern, je ein romanisches Wort von ihren Kindern gehört zu haben, obwohl sie in der Scoletta auch damit in Kontakt kamen.

Oft, wenn ich am frühen Morgen noch in meinem Zimmer im Bett lag, hörte ich Käthi und Mama in der Gasse zwischen unseren Häusern reden und scherzen. Die beiden vertrauten Stimmen zusammen mit dem Plätschern vom *Klina Brünnali* unter dem Haus gaben mir ein Gefühl von Geborgenheit, von «Daheim sein».

GIERI, MENGIA UND MARGRITLI

Im Haus schräg gegenüber wohnte GIERI mit seiner Frau MENGIA und Tochter MARGRITLI. Vor der Haustür, direkt an der Strasse, lag manchmal Nox, Gieris Hund. Nox war alt und verbittert, wenn man das von einem Hund so sagen kann. Eigentlich war er ein kleines Abbild seines Besitzers. Denn auch Gieri war oft schlecht gelaunt. Das könnte natürlich daran gelegen haben, dass ihm ein hartes Schicksal aufgebürdet worden war. Margritli, seine Tochter, war mit einem Wasserkopf auf die Welt gekommen.

Margritli, bekleidet mit einem gelben Pullover, schaut mit ihrem grossen Kopf aus dem Fenster im ersten Stock, eingerahmt von den roten Geranien, die ihre Mutter Mengia sorgfältig und mit Liebe pflegt. Dabei füllt sie, wie ihre Mutter, den ganzen Fensterrahmen aus. So schaut sie uns oft beim Spielen auf der Strasse zu und hätte vielleicht auch gerne mitgemacht.

Mengia war in der Surselva aufgewachsen und redete das dortige, uns fremde Romanisch. Sie sagte zum Beispiel *mira leu!* für schau dort! und nicht *varda la!*, wie wir das von Bäsi Anna gelernt hatten. Wir fanden das komisch und machten uns darüber lustig.

Wenn wir auf der Strasse unter ihrem Haus Federball spielten, beobachtete Mengia, auf den Fensterrahmen gestützt, misstrauisch das fröhliche Treiben und wartete darauf, dass der Ball in ihren Geranien landete.

Natürlich geschah das ab und zu. Mit einem missmutigen Ausruf zupfte sie dann das gefiederte Spielzeug zwischen ihren Blumen hervor und warf es mit einer verächtlichen Armbewegung zu uns auf die Strasse hinunter.

Manchmal spielten wir aber auch Fussball. Und ab und zu prallte der Ball, im Übereifer und mit Wucht *tschuttat*, an Mengias

Geranien oder deren Behälter. Das gab dann ein Geschimpfe und Gezeter, ähnlich dem von Hühnern, wenn sie plötzlich unerwartet Besuch vom Fuchs bekommen.

Die anderen Kinder entschuldigten sich jeweils. Ich aber bekam dieses Wort nicht über die Lippen, vermutlich weil ich es bei uns daheim nie gehört hatte. Bei uns entschuldigte man sich nicht. Wenn es Ärger gab und man aneinander geriet, dann machte man ein paar Tage den *Grind* gegeneinander. Manchmal dauerte das mit dem «Grind machen» aber auch länger. Wochen, Monate..., ja sogar Jahre. Im Fall von meinem Neni und seiner Schwester vierzig Jahre, lebenslang.

Gieri nervte sich oft über den Lärm, den wir Kinder beim Spielen auf der Strasse machten. Er war einfach ein Stimmungsmensch. An einem Tag sehr gut gelaunt und gesprächig und am nächsten Tag, ohne ersichtlichen Grund, knurrig und kaum ansprechbar.

Am Abend, nach getaner Arbeit, sass er oft auf der Bank vor seinem Haus und rauchte eine Pfeife. Manchmal kamen auch Janett mit seiner Pfeife und andere Nachbarn dazu. Schweigend sassen die Männer dann auf der Bank, zogen an ihren Pfeifen und bliesen den Rauch vor sich hin. Ab und zu hörte man ein paar Worte. Dann wieder Schweigen.

Wir Kinder sassen darum herum, auf unserer Laube oder vor Janetts Haus auf der Steintreppe und lauschten dem friedlichen Gemurmel der Erwachsenen. Wenn es dann langsam immer dunkler wurde, sah man ab und zu die Glut in den Pfeifen aufleuchten und langsam wieder verblassen.

Meinen Vater hätte ich mir pfeiferauchend nicht vorstellen können. Viele Bauern rauchten Pfeife oder auch Zigaretten. Manche *schickten* auch, wie Öhi Balza. Nicht so mein strenger Papa.

Ich kann mich auch nicht erinnern, dass er am Feierabend mit den anderen Männern vom Dorf gemütlich auf der Bank vor Gieris Haus gesessen hat. Gemütlichkeit war etwas, das nicht in seiner Natur lag.

Papa soll ein sehr guter Schüler gewesen sein und hätte nach der Sekundarschule in Thusis das Lehrerseminar in Chur absolvieren können. Warum er sich entschied, Bauer zu werden, weiss ich nicht. Vielleicht war es aber auch besser so. Wenn ich mir ihn mit seiner kompromisslosen Strenge und Disziplin als Lehrer vorstelle ... arme Schüler!

Gieri war gescheit, neugierig, interessierte sich für Vieles und wohnte nach Mengias Tod allein in seinem Haus. Meist hatte er das Radio eingeschaltet. Und, weil er schwerhörig war, den Ton so laut aufgedreht, dass man auf der Strasse jedes Wort verstand. Manchmal schaute er zum Fenster hinaus und wartete auf Leute, mit denen er etwas plaudern konnte.

Auch Mama wurde von Gieri ab und zu in ein Gespräch verwickelt, was Papa gar nicht mochte. «Das Gschnorr mag i nit varputza!», sagte er dann und rief sie ins Haus. Wahrscheinlich war er aber auch etwas eifersüchtig auf den redegewandten Nachbarn.

Gieri und Mengia hatten noch einen Sohn. JEREMIAS war ein Schulkamerad von Papa und viele Jahre umsichtiger Gemeindepräsident sowie Grossrat des Kreises Thusis. Und Revierförster mit Leib und Seele. Dank ihm gebe es Lärchen am Heinzenberg, soll er einmal gesagt haben.

Als Schüler verdienten wir uns manchmal etwas Sackgeld, indem wir unter seiner Aufsicht im Präzerwald Tännchen pflanzten.

Ich erlebte Jeremias als gescheiten, humorvollen Mann. Während der vier Jahre, als ich in Thusis in der Lehre war, trafen wir uns ab und zu auf dem Heimweg im Postauto. Er fragte mich nach meinen politischen Ansichten und meinte einmal spasshalber, ich könnte ja noch Bundesrat werden.

Papa war einmal wegen einer Operation zwei Wochen lang im Kantonsspital in Chur. Als wir ihn besuchten, sahen wir, dass auch Jeremias im selben Zimmer lag. Papa hatte einen Vollbart wachsen lassen, was Mama entsetzte. Auch Jeremias machte sich mit gutmütigem Spott darüber lustig. Er meinte, dass sein Schulkollege mit diesem schneeweissen Bart aussehe wie der Alpöhi.

DER «ALTE DEIA» UND ANNI

Der «ALTE DEIA» wohnte mit seiner Familie weiter vorn an der Strasse, bei der Posthaltestelle. Den «Alten Deia» nannten wir ihn, weil sein Sohn der «Junge Deia» war.

Papa Deia war ein sehr ruhiger, bedächtiger Mann und kam mir bei den letzten Treffen in Dalin immer mehr wie ein Dorfältester vor. Für mich war er der ruhende Pol in dieser kleinen Dorfgemeinschaft und das genaue Gegenteil meines Vaters.

An einem Sonntag stehe ich auf der Strasse beim Dorfbrunnen in Dalin. Der «Alte Deia» läuft frisch rasiert, in Sonntagskleidung von seinem Haus her auf mich zu. Zwischen seinen Lippen steckte ein frisch angezündeter Stumpa. Er strahlt eine tiefe Ruhe und Zufriedenheit aus, wie sonst niemand im Dorf.

Vor mir bleibt er stehen, schaut mich lange lächelnd an, nimmt langsam den Stumpen in die Hand und sagt mit leiser, bedächtiger Stimme: «Dar Hans isch au scho rächt gwagsa ...» Mitten auf seiner Stirn hat er eine etwa haselnussgrosse Vertiefung. Entstanden beim Korn tröscha auf dem Stall, wo er im Halbdunkeln mit einem hervorstehenden Eisen Bekanntschaft gemacht hatte.

Ich interessierte mich früh für die Sterne und kaufte mir eines Tages ein Büchlein über Astronomie mit einer Karte der Sternbilder. Mit einer Taschenlampe stand ich eines Abends im Herbst im Dunkeln beim Holzschopf vor *Sontg Onna* und versuchte, die auf der Karte aufgezeichneten Sternbilder am Himmel zu finden.

Nach einer Weile hörte ich jemand vom Dorf heranschlurfen. Es war der «Alte Deia». Leise lachend schaute er mir über die Schultern und fragte, als er die beleuchtete Karte sah, ob ich Sterngucker werden wolle. In seinen Augen sah ich ein verwundertes, feines, leicht ironisches Lächeln. Ich verstand, was in ihm vorging: Noch nie hatte er jemand im Dorf mit einer Sternkarte in der Hand bei *Sontg Onna* den Himmel studieren sehen. Das weckte Verwunderung in ihm. Er fragte sich wahrscheinlich, wieso das den Hans interessierte und was aus ihm noch werden würde.

ANNI, die Frau vom «Alten Deia» kam aus dem Prättigau, war also eine Walserin. Das konnte man dann an Ausdrücken wie «ünsch» für «uns» hören. Sie lebte, so wie ich sie erlebt habe, eher im Hintergrund und beteiligte sich auch nicht an Dorfgesprächen. Vielleicht fühlte sie sich nie ganz daheim unter diesen Romanen in Dalin.

Meine Mutter hatte ebenfalls Walser Wurzeln. Ihr Vater, mein Grossvater, war Bürger von Langwies im Schanfigg, hatte einst in Pany im Prättigau ein Haus gebaut und dort als Polizist und Grenzwächter gearbeitet. Weil er auf der Jagd nach Schmugglern bei jeder Witterung in den Bergen unterwegs war, wurde er krank und musste seinen Beruf aufgeben. Er zog mit seiner Familie nach Sarn, in das Haus von Tata, wo ich meine ersten vier Jahre verbracht habe. Als seine Krankheit schlimmer wurde, kam eines Abends der Arzt und gab ihm eine Spritze, worauf er noch in der gleichen Nacht starb. Mama erzählte, der Arzt habe daraufhin gesagt, dass es ihm so «gut gegangen» sei.

DER «JUNGE DEIA»

Deia hütete die Kühe mit mir und war, weil vier Jahre älter, der naturgemässe Anführer unter uns Hüterbuben. Von ihm hörte ich zum ersten Mal die Lieder von Freddy Quinn: «Junge, komm bald wieder – Die Gitarre und das Meer – Heimatlos – Du musst alles vergessen – Als er kam, war er ein Fremder» usw.

Diese Lieder lösten eine unbestimmte Sehnsucht in mir aus. Sehnsucht nach der grossen weiten Welt, wie sie Freddy Quinn besang. Von dem, was in dieser Welt ablief, wusste ich noch nichts.

Der äusserste Rand meiner Welt endete in Chur, wo wir mit unserer Lehrerin, Fräulein Göhring, in der zweiten Klasse einmal den Zirkus Knie besucht hatten.

Deia war damals ein smarter Halbwüchsiger, charmant, witzig, lustig und natürlich auch an Mädchen interessiert. Wir Daliner liefen manchmal am Sonntag nach Präz, wo wir mit den Kindern dort spielten. Unter den Mädchen war eines in Deias Alter, mit dunklen Augen und kirschroten Lippen. Man schäkerte, lachte und spasste. Fasziniert beobachtete ich dieses Verhalten, weil ich nicht verstehen konnte, warum die älteren Buben und Mädchen sich so verhielten, was der Grund für dieses aufgekratzte Getue war.

Als ich neunzehn war, spielte ich mit Deia zusammen in Präz Theater. «Die Räuber» von Friedrich Schiller. Mir als Jüngstem teilte man die Rolle des «Alten Moor» zu. Deia bekam die Rolle von Franz, dem skrupellosen Bruder vom Räuberhauptmann Karl. Diese Rolle war ihm wie auf den Leib geschneidert. All die fiesen, falschen, hinterlistigen Verhaltensweisen von Franz spielte er so überzeugend, als ob er ein professioneller Schauspieler wäre.

CHRISTA

Von CHRISTA (Christian), dem älteren Bruder vom «Jungen Deia», erzählte man eines Tages, dass er in *Danlarasch* in einer schwer zugänglichen Felsenhöhle mit einem grossen Federschmuck auf dem Kopf und einem grossen Messer im Gürtel im Schneidersitz vor einem Feuer sitzen und im «Lederstrumpf», diesem Indianerklassiker, lesen würde.

Um das zu überprüfen schlichen wir Buben uns eines Abends aus dem Haus und liefen im Dunkeln zum «Grossa Hus». Tatsächlich sahen wir dann in *Danlarasch* Flammen durch die Büsche schimmern. Das machte uns grossen Eindruck. Es schien geheimnisvoll, abenteuerlich und gefährlich. Wir bewunderten Christa, den Indianer, lange Zeit. Doch obwohl wir einen Heidenrespekt vor ihm hatten und für uns über seiner Höhle ein Schild mit «Zutritt unter Lebensgefahr verboten!» zu hängen schien, schlichen wir tagsüber, wenn wir wussten, dass er nicht dort war, im Gebüsch herum und suchten den verborgenen Eingang zu seiner Höhle.

Als Christa dann älter und in der Lehre war und wir längere Zeit kein Feuer mehr in *Danlarasch* gesehen hatten, enterten wir eines Tages seine Höhle. Zu unserer grossen Überraschung fanden wir aber nichts Aufregendes. Kein Indianerschmuck, nicht einmal eine Feder war zu finden. Auch das Buch «Lederstrumpf» nicht und schon gar keine Skalps von weissen Feinden. Etwas Kohle, wo er Feuer gemacht hatte, ein wenig verbranntes Holz, ein paar rostige Nägel ... Das war alles. Der grosse Lederstrumpf aus Dalin war nicht mehr.

ULI UND TILDI

ULI, der Ein-Mann-Lastwagen-Unternehmer, hatte mich als kleines Kind in Sarn aus dem Dorfbrunnen gezogen und damit mein Leben gerettet. Das war mir aber während der ganzen Kindheit in Dalin nicht bewusst.

TILDI, Ulis Frau, hatte ein besonderes Händchen für Blumen. Alle Fenster an ihrem schönen Haus waren voll davon. Auch ihren grossen Garten pflegte sie mit viel Sorgfalt und Liebe.

Mit ihrem Sohn Ernest zusammen durften wir ab und zu dort spielen. Wegen dem leckeren Gemüse krochen da, zu Tildis Leidwesen, immer wieder Häuser- und *Blut*schnecken herum. Das brachte uns eines Tages auf die Idee, mit ihnen ein Rennen zu veranstalten. Wir beschafften uns eine grosse Kartonschachtel, füllten sie mit Gras, fingen ein paar dieser Gemüsefresser und legten sie in die Schachtel. Um die Schnecken aufzuwecken, füllten wir Tildis grosse Gartenspritzkanne mit Wasser und liessen es ausgiebig regnen.

Durch das Regenwetter motiviert, fingen die Schnecken zu unserer Freude sofort an zu kriechen. Doch leider nicht so, wie wir es uns vorgestellt hatten. Sie ignorierten die vorgegebene Richtung, verliessen die Rennbahn nach Belieben, krochen links oder rechts weg und sogar die Kartonwand hoch.

Nachdem wir das Experiment ein paar Mal wiederholt hatten, wurde uns klar, dass diese Schnecken keine Renngene in sich hatten. Enttäuscht brachen wir unser Experiment ab und warfen die renitenten Viecher über den Gartenzaun in die Wiese.

Wenn ich im Sommer nach einem Gewitter am Rhein spazieren gehe, begegne ich immer wieder diesen undisziplinierten Wesen mit ihren schönen braunen Häusern auf dem Rücken. Kreuz und quer kriechen sie, scheinbar ohne Ziel, in der Welt herum.

Eine Schnecke kommt von links, eine von rechts, andere kleben an Zäunen oder an senkrechten Mauern. Die einen kriechen hinauf, die anderen hinunter. Einzelne kämpfen sich sogar horizontal und überhängend einer Mauer entlang. Ich frage mich dann immer, was diesem Kriech-Verhalten zugrunde liegt.

Am ehesten erinnert es mich an unsere politischen Parteien. Die SPler kriechen nach links, die SVPler nach rechts, die BDPler nach unten und die FDPler nach oben. Die CVPler waagrecht und überhängend ... und die Grünen natürlich nur im Gras ...

Manchmal hebe ich so einen kleinen Hausbesitzer auf und setze ihn auf der anderen Strassenseite wieder ins Gras, damit er nicht überfahren wird. Wenn es aber zu viele sind, wird es mir zu mühsam. Vielleicht soll es ja sein, dass Schnecke A an diesem Tag von einem Velo überfahren oder Kollege B von einem Schuh oder Pferdehuf zerquetscht wird.

Johann Richard und Friedi

Es gab eine Zeit, wo wir *Militärlis* spielten. Dafür bastelten wir Gewehre und *Säbel* aus Holz, krochen damit in der Nähe vom alten Backhaus herum und riefen «Päng! Päng!», wenn wir schossen.

Johann Richard kam eines Tages dazu und meinte, wir hätten keine Ahnung von diesem Metier. Er nahm fachmännisch eines unserer Holzgewehre in die Hand und machte uns vor, wie er das im Militär gelernt hatte.

Zwischen dem ehemaligen Haus von Uli und Tildi fliesst ein Bach vom Berg ins Tal, das «Daliner Tobel». Das Wasser hat sich im Laufe vieler Jahre mehrere Meter tief eingegraben, umsäumt und verborgen von einem dichten Wald aus Laubbäumen.

Auf der Weide vom Backhaus zum Tobel waren damals durch die Wanderungen der Kühe mehrere, parallel verlaufende Gräben in der Weide entstanden, wie sie auch auf jeder Alp zu beobachten sind. Durch solch einen Graben robbte Johann Richard mit einem unserer Holzgewehre den Hang hinauf. Wir Buben hinter ihm her. Erst kroch er auf dem Bauch, dann auf allen Vieren, dann sprang er ein paar Schritte und hechtete in einen anderen Graben in Deckung. Von dort aus schoss er und rief dazu «Päng! Päng!»

Nach dem Angriff drehte er sich im Graben auf den Rücken und hielt uns, schwer atmend, einen Vortrag über Angriffs- und Verteidigungsstrategie im Krieg. Wir standen um ihn herum, schauten auf ihn hinunter, staunend ob seiner Begeisterung.

Wie er da vor uns im Graben lag, mit seinen gelockten blonden, verschwitzten Haaren, seinem vor Anstrengung geröteten Gesicht ... das war etwas, was mein Vater nie im Leben gemacht hätte und auch keiner der anderen Bauern im Dorf.

Johann Richard war irgendwie im Inneren ein Kind geblieben. Sein Verhalten von damals erinnert mich heute an mich selbst, wenn ich mit meinen Enkeln *ds Chalb* mache.

Als ich fünfzehn war, machte ich an einem Sonntag mit dem Velo einen kleinen Ausflug. Es war gegen Mittag, die Sonne schien. Beim Tanzsaal hielt ich an und schaute ins Dorf hinunter. Der Tanzsaal war ein alter Holzbau mit einem überdachten, seitlich offenen Gang an der Vorderseite des Gebäudes, zu dem eine Holztreppe hinauf führte. Da drin, im oberen Stock, befand sich ein grosser Saal mit einer Bühne, auf der früher Theaterstücke aufgeführt wurden und man auch zum Tanz aufgespielt hat.

Ich hielt die Balance auf dem Velo, indem ich mich mit einer Hand und einem Fuss am Zaun abstützte, der die Strasse vor dem senkrecht abfallenden, felsigen Hang schützte, und sah ins Dorf hinunter. Auf dem Hügel, neben dem Dorf, das Schulhaus mit dem Pausenplatz, daneben die Quaderwiese. Ziegeldächer, rostige Blechdächer; Häuser und Ställe. Ganz unten im Dorf die Kirche mit dem Friedhof, eingerahmt von einer Mauer. Daneben die Strasse ins Tal, vorbei am Holzhaus, wo ich einst mein erstes Scolettajahr bei Bäsi Anna verbracht habe.

Die Kirchenglocken fingen an zu läuten. Ihr Ton schwang sich in Wellen zu mir herauf, drang in meine Ohren und in mein Herz. Am besten kann ich das, was ich dabei empfand, mit dem Text eines Jodelliedes beschreiben, das ich etwa fünfzig Jahre später im Jodelchörli Carschenna kennenlernen durfte:

Dia Glocka lütend ringsetum,
und Frida isch as um mi um.
Und Frida isch as i mim Härz,
keis Wölkli niana, niana Schmärz.

Versunken in diese Klangwelt, gewahrte ich FRIEDI erst, als sie schon fast bei mir war. Sie war in der Kirche gewesen und auf dem Heimweg nach Dalin. Sie sagte freundlich «Tschau Hans!» Ich sagte nur «Tschau», weil ich etwas *schüch* war.

Mit ihren geröteten Wangen und leuchtenden Augen sah sie sehr schön und sehr glücklich aus. Ich wusste auch weshalb. Sie hatte sich mit Johann Richard verlobt und war verliebt.

Friedi lief weiter. Der Klang der Glocken verhallte. Ich blieb träumend zurück. Diese kurze Begegnung habe ich nie vergessen. Es lag ein Zauber darin, eine Vorahnung. Ich empfand den tiefen Wusch, dieses Verliebtsein auch einmal zu erleben.

ANNANUTINA

Fährt man von Sarn her durchs Dalinertobel am Haus vorbei, das damals Bäsi Anna, Öhi Balza und Nana gehörte, führt die Strasse bald darauf um Hansruedis Stall herum ins Dorf.

Ich kann mich erinnern, wie der alte Tscharner vor dieser unübersichtlichen Kurve jeweils ausgiebig «Tütato, tütatooo ...» hornte, bevor er mit seinem Postauto um den *Rank* fuhr.

Die Poststelle in Dalin wurde von Annanutina, der ledigen Schwester von Johann Richard, betreut. Sie wohnte mit ihrer Mutter im unteren Teil des Dorfes. Im Attenhofer-Haus. An der Wand neben der Treppe prangte eine grosse, rote Tafel mit der Aufschrift «POST – Telephon – Telegraph».

Wenn Papa am Telefon verlangt wurde, kam die Pöstlerin auf die Haustür und rief: «Bartli, Telefon!» Dann sprang Papa ihr voraus auf die Strasse und eilte hinunter ins Postbüro, wo das einzige Telefon im Dorf an der Wand hing.

Mit einer grossen Ledertasche über der Schulter lief Annanutina jeden Tag geruhsam von Haus zu Haus, verteilte Zeitungen, Briefe, Postkarten und auch schon etwas Werbung, wie zum Beispiel den Jelmoli-Katalog. Neben dem Amt als Pöstlerin unterstützte sie ihren Bruder Johann Richard bei der Arbeit auf dem Hof.

Weil der kleine Bruder meiner Jugendfreundin Rosmarie gleich hiess wie ich, war er *dar kli Hans* und ich *dar gross Hans*. So konnte man uns auseinanderhalten.

An einem schönen Sommermorgen liefen *dar gross Hans* und *dar kli Hans* durchs Dorf bis zur Posthaltestelle bei Deias Haus und von dort den *Stutz duruf* zum Hof von Johann Richard.

Sein Haus – heute das seines Sohnes Hansruedi – war durch eine überdachte Laube mit dem Stall verbunden, der in der Kurve, wo der alte Tscharner jeweils mit dem Posthorn hupte, an der Strasse steht.

Die beiden Buben öffneten das hölzerne Tor, liefen durch den Hof und auf der anderen Seite hinaus zum Backhaus.

Das Backhaus war ein kleiner, länglicher, gemauerter Bau mit einem Spitzdach. Dort drin stand der grosse Backofen, in dem die Bäuerinnen abwechselnd ihre Brote buken. Neben der sonnenverbrannten Tür befand sich ein kleines Fenster.

Dar gross Hans schaut durchs Fenster in den geheimnisvollen Raum. Die Sonnenstrahlen zeichnen helle, längliche Muster auf die alten Bretter. Wenn er sich bewegt, verändert sich auch sein Schatten. Er zieht und rüttelt an der Klinke. Plötzlich geht die Tür einen Spalt breit auf. Die beiden Buben zwängen sich hindurch und stehen gleich darauf vor dem grossen Backofen.
Nachdem sie den Raum inspiziert haben, fangen sie an herumzualbern. Machen Fangis, ziehen die Schuhe aus, laufen barfuss durch den Raum. Es wird immer lustiger.
Bald liegen ihre Kleider auf dem Boden, und wie Kobolde, die sich aus ihrer Höhle gewagt haben, rennen sie nackt in der Backstube herum.
Plötzlich verdunkelt sich das Fenster, ein Schatten fällt in den Raum. Die beiden Kobolde erschrecken und würden am liebsten sofort wieder in ihren Höhlen verschwinden. Doch da sie keine echten Kobolde sind, gibt es auch keine Höhlen.
Dar gross Hans und dar kli Hans sind in der Backstube gefangen und der Frau, die hinter dem Schatten steht, hilflos ausgeliefert. Es ist eine unverheiratete Frau, die wahrscheinlich noch nie zwei nackte Kobolde in Aktion gesehen hat: Annanutina, die Pöstlerin.

Wie wir aus dem Backhaus und nach Hause gekommen sind, daran kann ich mich nicht erinnern.

Mein Bruder erzählte kürzlich, dass Annanutina zu Hause Bericht erstattet habe. Ich weiss allerdings nicht mehr, ob Mama mich darauf angesprochen oder deswegen geschimpft hat.

Luzi, Paul und Ursina

Auf dem Weg von Dalin nach Präz liegt der Hof Curscheglias. Seine Wiesen reichen bis zu der Strassenbiegung, wo früher der Tanzsaal stand, und hinauf bis zur Weide von *Danlarasch*, wo ich einst mit den anderen Buben vom Dorf das Vieh hütete. Als wir noch Kinder waren, wurde der Hof von Luzi, seinem Sohn Paul und später, als Paul heiratete, mit seiner Frau und den Töchtern bewirtschaftet.

An Luzi, den Vater von Paul, habe ich eine bedrückendes Erlebnis gespeichert:

Wir Buben sind in Danlarasch am Hüten und finden einen jungen Raben, der verletzt am Fusse einer Lärche liegt. Wie wir überlegen, was man machen könnte, um das verletzte Tier zu retten, taucht Luzi auf. Er drängt uns auf die Seite, packt den verletzten Raben an den Füssen und schmettert ihn an die harte Rinde der Lärche. Schimpfend wirft er den toten Vogel in die Haselstauden hinunter, die am Zaun zu seiner Wiese wachsen. Er sagt uns, dass er diese Vögel hasse, weil sie ihm das Getreide vom Acker frässen.

Paul, Luzis Sohn, war ein sehr grosser, hagerer Mann mit dichten schwarzen Haaren und buschigen Augenbrauen. Ein lebendiger, leutseliger Typ mit einer lauten Stimme, der gerne diskutierte, viel Humor hatte und fast immer eine Pfeife rauchte.

Ab und zu kam Paul zu Besuch, um sich die Haare schneiden zu lassen. Die Pfeife liess er vor dem Haus, weil Mama keinen Rauch in der Stube wollte. Während Papa ihm mit seiner mechanischen Schneidmaschine die Haare kürzte, diskutierten sie über Politik.

Davon verstand ich damals natürlich nichts, doch kann ich mich erinnern, dass sie nicht oft gleicher Meinung waren. Heute weiss ich auch weshalb. Paul war Demokrat und damit Vorläufer der heutigen SVP, wie viele Bauern in der Gegend. Papa hingegen war bei der FDP, der Freisinnigen Partei.

Wenn Paul gegangen war, wischte Mama seine schwarzen Haare zusammen und entsorgte sie in der Küche. Und trotzdem in der Stube nicht geraucht wurde, blieb noch längere Zeit – wohl wegen Pauls pfeifenrauchimprägnierten Kleidern – ein feiner Tabakgeruch in der Stube haften.

Papa scherte auch uns Buben mit dieser mechanischen Schermaschine. Weil er sich jeweils vor allem darauf beschränkte, unseren Kopf seitlich und um die Ohren von den Haaren zu befreien, gab das dann eine Art Topf-Frisur.

Und wenn er die Griffe des Schermessers nicht schnell genug hin und her bewegte, klemmte das Messer und riss uns einzelne Haare aus, was wir, ohne Schmerz zu zeigen, heldenhaft ertrugen, weil wir wussten, dass Papa es nicht mochte, wenn wir empfindlich taten.

Ursina, die Paul dann heiratete, war wie er grösser als der Durchschnitt. Sie war hübsch und fröhlich und trug ihre Haare aufgesteckt. Damit sah sie fast genauso aus wie eine Frau auf dem Umschlag eines Liebesromans, den Mama mir einmal zum Lesen gegeben hatte.

Als ich in Thusis in der Lehre war, traf ich Ursina eines Abends beim Warten aufs Postauto. Wir hatten den gleichen Heimweg bis Dalin. Sie sagte freundlich «Tschau Hans!»

Ich sagte – wie bei Friedi – nur «Tschau!». Ich war halt immer noch etwas *schüch*. Sie fragte, wie es mir gehe, und wir plauderten ein wenig. Mit etwas Wehmut bemerkte ich, dass sie immer noch so aussah, wie die Frau auf dem Umschlag von Mamas Liebesroman.

Ich hatte zu jener Zeit schon ein paar Erfahrungen in Sachen Liebe gemacht und leider gemerkt, dass der Umgang mit dem anderen Geschlecht in der Realität nicht einfacher war als in Mamas Romanen.

FERIEN-DALINER
UND ANDERE

DUTT

Sontg Onna, das mächtige Haus am östlichen Dorfrand von Dalin, war für uns *Ds grossa Hus*. Es ist vom Tal aus gut sichtbar, und man könnte sich fragen, wie so ein grosses Haus in das kleine Bergdorf gekommen ist. Dazu ein Auszug aus einem Artikel von Herbert Patt «Sontg Onna thront über Dalin» in der Lokalzeitung Pöschtli Nr. 24 vom 18. August 2011:

> *Sontg Onna soll im 15ten Jahrhundert eine Kapelle des Klosters Cazis gewesen und nach der Reformation von 1526 zu einem Wohnhaus ausgebaut worden sein. Um das Jahr 1700 herum baute es der Sarner Landrichter Nikolaus Stecher auf die heutige Grösse um und aus. Er soll sich einen grandiosen Ausblick ins Tal gewünscht haben.*

Der Besitzer von Sontg Onna war DUTT. Wie er mit richtigem Vornamen hiess, weiss ich nicht. Alle nannten ihn einfach Dutt. Ich habe ihn als beleibten, leutseligen und humorvollen Mann in Erinnerung. Er war, wie man erzählte, vor seiner Pensionierung Postdirektor in Bern gewesen. Und so sah er eigentlich auch aus.

Meist, wenn er von Sontg Onna her ins Dorf spazierte, trug er eine Mappe oder eine Zeitung unter dem Arm. Gesprächig und neugierig suchte er immer den Kontakt zu uns Einheimischen und, falls er ein Opfer gefunden hatte, liess er es nicht mehr so schnell los. Mama wich ihm, wenn immer möglich aus, weil er sie von der Arbeit abhielt. Ab und zu kam er aber einfach zur Haustüre und rief Hallo! Dann musste man sich auf ein längeres Gespräch gefasst machen.

Manchmal fragte er uns über etwas aus und schrieb unsere Antwort dann mit einem kurzen, abgenutzten Bleistift in sein kleines Notizbuch. Nachträglich kommt es mir vor, als ob er uns und unsere Gepflogenheiten studierte, so wie vielleicht ein Forscher im Amazonas-Regenwald das Verhalten und die Gebräuche der Eingeborenen erkundet.

Aus der Tatsache, dass Dutt zum Schreiben immer den gleichen kurzen Bleistift benutzte, schlossen wir, dass er besonders geizig sein müsse. Dass er sehr reich war, war allgemein bekannt. Also, das unsere Logik, hätte er auch genug Geld gehabt, sich einen neuen Bleistift zu kaufen.

Ds grossa Hus ist nicht nur sehr gross im Verhältnis zu den Häusern und Ställen im Dorf, es war auch sehr geheimnisvoll für uns Kinder. Man erzählte sich allerlei Geschichten darüber. Zum Beispiel, dass es im Keller einen Gang gäbe, der bis ins Tal hinunter, ins Kloster Cazis führe und früher, in kriegerischen Zeiten, als Fluchtstollen benutzt worden sei.

Den grössten Teil des Jahres stand das Haus leer. Dann öffneten wir manchmal vorsichtig das hölzerne Tor und sprangen auf dem Rasen vor dem Haus herum.

Da standen ein paar kleine Bäume, die im Herbst sehr gut schmeckende Früchte trugen. Kleine süsse Äpfel und zwei Pflaumenarten: Zwetschgen und die hellgelben Renekloden. Weil niemand die Früchte pflückte, übernahmen wir das, wenn auch mit etwas schlechtem Gewissen.

Besonders schön war es im Frühling bei Sogn Onna, wenn nur noch wenig Schnee lag. Dann kamen die ersten Schneeglöcklein auf dem Rasen zum Vorschein. Am Abend war es schon länger hell, und wir durften draussen spielen, bis es eindunkelte. Es war ein Vor-Frühlings-Duft in der Luft, der uns wie kleine Kälber, die zum ersten Mal aus dem Stall kommen, übermütig machte. Wir rannten, spielten, kreischten und machten Fangis bis wir den Ruf *Heikoh!* nicht mehr überhören konnten.

Einmal waren Bekannte von Dutt im *Grossa Hus* in den Ferien. Sie schauten uns jeden Morgen vom Fenster aus zu, wenn wir das Vieh hinauf nach *Danlarasch* auf die Weide trieben.

Wie alle Hirten waren wir mit einem Stecken ausgerüstet. Wenn das Vieh nicht wollte, wie es sollte, mussten wir davon Gebrauch machen. Das war für uns normal, anders ging es nicht.

Eines Tages wartete die Frau vor dem Haus und bat uns, die Tiere nicht mehr zu schlagen. Als Belohnung versprach sie uns eine Schokolade. Wir verstanden nicht ganz, was das sollte, erklärten uns aber einverstanden, weil wir nicht so oft etwas Süsses bekamen.

Am nächsten Morgen trieben wir unser Vieh nur mit lauten Rufen am *Grossa Hus* vorbei und ebenso am Abend auf dem Rückweg. Den Stecken benutzten wir natürlich weiterhin, jedoch erst, wenn wir ausser Sichtweite waren.

Die Ferienleute beobachteten uns vom Fenster aus, winkten uns zu und freuten sich über ihre gute Tat. Wir gaben uns alle Mühe, sie nicht zu enttäuschen, winkten zurück und bekamen nach ein paar Tagen die versprochene Schokolade.

Dass man das Vieh nicht schlagen durfte, hatten wir noch nie gehört. Wie sollten wir sonst die *stinäten* Mesen, Fardel und Kälber im Zaum halten? Besonders die Jüngsten, die Kälber, versuchten immer wieder abzuhauen. Wir mussten ständig aufpassen, dass eines davon nicht plötzlich umdrehte und mit erhobenem Schwanz *ds Loch ab* rannte.

Ein paar Mal musste ich einem Kälbchen bis fast ins Dorf nachjagen, bevor es mir gelang, es zu stoppen. Und dann musste ich es wieder den ganzen Weg hinauf auf die Weide treiben. Von diesen Problemen hatten die Ferienleute aus der Stadt keine Ahnung.

Ds Professers

Ds PROFESSERS bauten in Dalin, oberhalb von *Prautuasch* in der Wiese von Deia ein Ferienhaus. Sie waren, so viel ich weiss, mit Dutt verwandt und vornehme Leute. Ds Professers nannten wir sie, weil es hiess, dass der Mann ein Professor sei.

Wir Kinder hatten noch nie erlebt, wie in Dalin ein neues Haus gebaut worden ist. So oft wir Zeit hatten, strichen wir deshalb um die Baustelle herum und beobachteten aufmerksam, wie es von Tag zu Tag in die Höhe wuchs.

Als zum Schluss ein Flachdach drauf kam, fanden wir das komisch. So ein Dach hatten wir noch nie gesehen. Unsere Häuser hatten alle ein Giebeldach und waren mit Ziegeln oder Blech gedeckt, nicht mit Eternit wie dieses neue Haus von ds Professers.

Ab und zu spazierte Frau Professor durchs Dorf und wechselte mit den Einheimischen ein paar freundliche Worte.

Was ich damals empfand, wenn diese vornehme Frau mit Mama vor dem Haus redete, kann ich schwer beschreiben. Sie war so ganz anders als alle anderen Frauen, die ich im Dorf kannte. So ähnlich angezogen war Mama nur am Sonntag oder wenn sie mit uns Buben mit dem Postauto nach Thusis zum Zahnarzt Sonder fuhr. Und sogar dann sah sie nie so vornehm aus wie diese Frau mit ihrer bleichen Haut.

Eines Tages lud die Frau Professor uns Kinder zum Zvieri auf ihre Terrasse ein. Scheu sassen wir der freundlichen Frau gegenüber, tranken etwas und schauten verlegen vor uns hin. Sie versuchte, mit uns zu reden, aber wir wussten nicht, was wir sagen sollten. Wir waren einfach wirklich scheu Fremden gegenüber und froh, als wir wieder gehen durften.

Einmal waren die Enkelinnen von ds Professers auf Besuch, so etwa in meinem Alter. Ich war mit den Buben unterhalb vom neuen Haus am *tschutten*. Eines der Mädchen kam zu uns auf die Wiese und spielte etwas Fussball mit mir. Evi. Sie war hübsch und lustig. Krampfhaft überlegte ich, was ich sagen könnte, um sie zu beeindrucken. Doch mir fiel nichts ein, ich fühlte mich wie der Frosch vor der Prinzessin. Vielleicht wäre ich erwacht, wenn sie mich geküsst hätte ;-)

DR. BRÄM

Ein anderer Ferien-Daliner war DR. BRÄM. Er baute sein Ferienhaus auf der Wiese neben dem Hof *Curscheglias*. Auch das war für unsere Begriffe ein modernes Haus, wenn auch nicht so schlimm wie das von ds Professers, es hatte immerhin ein Giebeldach.

Dr. Bräm war ein älterer, vornehmer Herr, der oft durchs Dorf spazierte und auch versuchte, mit uns Einheimischen ins Gespräch zu kommen. Das war jedoch nicht so einfach. Die Bauern waren immer am Schaffen und hatten wenig Verständnis für Ferienleute, die herumspazierten und ihnen die Zeit stehlen wollten. Das Einzige, was bei ihnen zählte, war arbeiten, arbeiten und noch einmal arbeiten. Einer, der das nicht konnte oder nicht wollte, war ein Nichtsnutz oder, wie Papa sagte, *a liadarlicha Mensch. Liadarlich* zu sein war nach Papas Ansicht das Schlimmste, was ein Mensch an schlechten Eigenschaften haben konnte.

Eines Tages musste ich Papa in einer steilen Wiese unterhalb vom Dorf beim Zäunen helfen. Etwa alle zehn Meter schlug er Pfähle in den Boden, an denen der Draht für den Strom befestigt wurde. Ich musste ihm die schwere Drahtrolle hinterher tragen.

Es war heiss, die Sonne brannte, ich schwitzte; die Rolle war schwer, die Wiese steil, das Gras heiss und trocken. Eine Zeit lang ging alles gut. Doch dann kam mit fröhlichem Summen eine Biene angeflogen. Sie landete ohne böse Absicht auf dem Daumen einer Hand, die zum linken Arm eines Buben gehörte, der eine schwere Drahtrolle tragen musste.

Innert einer Sekunde geschahen dann mehrere Dinge gleichzeitig: Der Bub, dem der Daumen, die Hand und der Arm gehörten, erschrak und schlug mit der freien Hand nach der Biene. Die Biene erschrak auch, fühlte sich bedroht, fuhr ihren Stachel aus und stach zu. Der Bub stiess einen Schrei aus und liess die Drahtrolle fallen. Diese benutzte die Gelegenheit, liess sich im Spiel mit der Schwerkraft fallen und rollte übermütig und immer schneller und schneller werdend auf dem heissen, trockenen Gras den steilen Hang *durab.* Zum Abschluss ihrer Reise machte sie noch einen übermütigen *Satz* und blieb etwa siebzig Meter weiter unten auf dem Weg, der von der Baria ins Dorf hinauf führte, liegen.

Natürlich konnte Papa nicht wissen, was geschehen war. Dass mich eine Biene saumässig schmerzhaft in den Daumen gestochen hatte. Für ihn sah es aus, als ob ich wieder einmal geträumt hätte. Deshalb entlud sich seine Wut aus etwa zwanzig Metern Entfernung mit dem Ruf: «Liadarlicha Lappi!»

Dr. Bräm war stark sehbehindert und trug eine sehr dicke runde Brille mit Goldrand. Wenn er uns begrüsste, beugte er sich so weit vor, dass seine Nase fast unser Gesicht berührte. Ich erinnere mich an die stark vergrösserten Augen in den glänzenden, goldumrahmten Brillengläsern.

Mir war, als ob diese Augen mich analysierten, als ob ich für ihn eine Art interessantes Insekt wäre, das er studieren wollte. Das war unangenehm, und deshalb verzog ich mich ins Haus, wenn ich ihn von weitem ins Dorf laufen sah.

NOLDI

Einer der Söhne von Dr. Bräm war NOLDI. Er war etwa zwanzig, trug einen dichten schwarzen Bart und erzählte uns, dass er den wegen einer Wette haben wachsen lassen und dass er studiere. Was er damit genau meinte, verstanden wir nicht.

An einem schönen Wintertag stampfte ich mit meinen zwei Brüdern bei der Daliner Säge eine Skipiste in den Schnee.

Die Piste führte von einer Wiese oberhalb der Hauptstrasse über die Strasse hinunter in die Wiese von Deia. Am Anfang gab es ein paar Kurven, dann kam die Schanze über die Strasse und darunter, in Deias Wiese, folge der mit Haselstecken ausgesteckte Slalomhang, der anspruchsvollste Teil unserer Trainingsstrecke, das Dessert sozusagen.

Noldi stand auf der Strasse, beobachtete uns und kommentierte unsere Fahrt. Wir gaben unser Bestes. Fuhren immer wieder vor seinen Augen über die Piste, sprangen über die Strasse, kurvten durch die Slalomtore und hörten uns beim Hinaufstapfen seine Bemerkungen über die Fahrt an.

Er war begeistert von unseren Fahrkünsten, forderte uns aber zu noch mehr Eleganz heraus, wie er das nannte. Wir verstanden nicht wirklich, was er damit meinte, fuhren aber eifrig immer besser, schneller und mit mehr Schwung um die Haselstecken. So lange, bis Noldi endlich begeistert verkündete, jetzt wäre es höchstelegant gewesen.

Dieses Wort war etwas ganz Neues für mich. Eines, das ich noch nie gehört hatte. Weder von meinen Eltern noch von Bäsi Anna, auch nicht in der Schule. Irgendwie passte es nicht zur Art wie man Ski fuhr. Wenn er gesagt hätte, wir hätten einen guten Fahrstil, hätte ich das verstanden. Aber höchstelegant?

Noldi verkörperte allein schon mit seinem dichten schwarzen Bart, seinem Züridialekt und seiner Herkunft als Sohn von Dr. Bräm, eine Welt weit ausserhalb von meiner Welt. Das Wort höchstelegant dazu verstärkte meine Ahnung von dieser Welt ausserhalb meiner noch um ein Vielfaches.

Robert Eicher

Robert Eicher war ein entfernter Verwandter von uns. Er wohnte mit seiner Frau in Rorschach und besuchte uns ab und zu in Dalin.

Wie wir verwandt waren, weiss ich nicht mehr und habe es vermutlich auch nie ganz begriffen. Verwandtschaftliche Zusammenhänge waren mir schon immer zu kompliziert. Weiter als bis zu *Kusin* und *Klikusin* konnte ich diesen Pfaden nie folgen. Wenn mir meine Frau ausgiebig das Spinnennetz ihrer Verwandtschaft erklärt, ziehen in meinem Hirn wohltuende Nebelschwaden auf, die alle Gedanken auflösen.

Robert Eicher ist in meiner Erinnerung ein alter Mann, so etwa wie Dr. Bräm. Auch er galt bei uns als reich, ähnlich wie Dutt. Einmal, als wir auf der Strasse spielten, kam er vom *Grossa Hus* her ins Dorf gelaufen, holte sein dickes, schwarzes Portemonnaie hervor und öffnete es vor uns. Wir staunten, als wir sahen, wie viele

Robert Eicher, zweiter von links, mit seinen Geschwistern, 1954.

Foto: zVg von Marco Frigg

grosse Münzen drin waren. Ich glaube, er gab uns je einen Zwei-fränkler, was damals für uns ein grosser Betrag war. Während er uns das Geld überreichte, blies er Luft durch die geschlossenen Lippen: «brrrr, brrrr, brrrr ...» Das kam mir seltsam vor, weil es so ähnlich tönte wie das Ross von Öhi Balza, wenn es schnaubte.

Eines Tages besuchten wir mit Mama und Papa Robert Eicher in Rorschach. Zuerst mit dem Postauto nach Thusis, dann mit dem Zug nach Chur. Chur war schon sehr weit weg für uns. Nur einmal, ich glaube in der zweiten Klasse, als wir mit der Schule den Zirkus Knie besuchten, war ich in Chur.

Ich kann mich erinnern, dass wir nach dem Zirkus in die Stadt durften. Im Kaufhaus Vilan sah ich zum ersten Mal in meinem Leben eine Rolltreppe. Natürlich war die Spielwarenabteilung unser Ziel. Es war fast wie in einem Märchen. Sooo viele schöne Spiel-sachen. Ich kaufte, nach langem Überlegen, von meinen Sackgeld einen roten Ball. Das war ein riesiges Glücksgefühl für mich.

Von Chur fuhren wir mit der SBB über Sargans weiter nach Rorschach. Nach einer langen Fahrt erschien auf der rechten Zugseite eine grosse blaue Fläche, und Papa sagte, das sei der Bodensee.

Wir übernachteten dann bei Robert. Es war dunkel und heiss im Zimmer, ich konnte kaum schlafen.

Am anderen Morgen, am Zmorgatisch, riefen wir wie gewohnt: «Brot!» – «Käs!»» Daheim strich uns Mama dann Butter und *Hung* aufs Brot und gab es uns mit einem Stück Käse über den Tisch.

Das Problem bei Eichers war, dass es keinen Käse gab. Das merkte ich aber erst, als ich schon «Käs!» gerufen hatte. Deshalb tönte es dann auch etwas anders als zu Hause: «Kääääs! ... het's keina!»

Das muss für meine Eltern und die Frau von Robert ziemlich peinlich gewesen sein. Für mich hingegen war es seltsam, dass es keinen Käse gab. Bei uns zu Hause war beim Morgen- und beim Abendessen immer Käse auf dem Tisch. Meine Reaktion auf den fehlenden Käse bei Robert Eicher wurde später zu Hause noch oft erwähnt und sorgte jedesmal für Heiterkeit.

Wie Papa einmal erzählte, war Robert Eicher der Initiant für etwas, das uns Kindern viele Jahre grosse Freude machte.

Auf *Prau Pigniel*, dem Sarner Maiensäss, gerade oberhalb dem Fichtenwald, von dem das Maiensäss seinen Namen hat, gab es das *Seeli*. Das *Seeli* war einst aus einer Geschäftsidee von Robert Eicher und meinem Götti Christli entstanden. Sie wollten dort Torf stechen und verkaufen, hatten dann aber schnell eingesehen, dass das nicht klappen würde.

Von diesem Projekt blieb ein Aushub von etwa sieben auf sieben Meter mit einer Tiefe von einem knappen Meter zurück. Das kleine Bächlein, das vom Maiensäss von Peter Cadisch herunterfloss, füllte die Grube mit Wasser, und es entstand ein kleines Biotop. Es gab dort Frösche, Salamander, Libellen und anderes Getier.

Heute ist davon kaum noch etwas zu sehen. Unser einst so schönes Seeli, an dem wir als Kinder viele schöne Stunden verbrachten, ist fast vollständig zugewachsen und kaum noch von der umgebenden *Mägri* zu unterscheiden.

DER ARCHÄOLOGE

Eines Tages tauchte ein Mann in Dalin auf, der die Wege der Römer am Heinzenberg erforschte. Papa erzählte uns, ein Historiker aus Zillis habe einen Römerweg gefunden, der quer über den Heinzenberg führe. Der Beweis sei ein Stein mit römischer Inschrift, den er an einem Haus in Raschlinas entdeckt habe und der dann ins Museum in Chur komme.

Papa war immer sehr an Geschichte interessiert. Er erzählte uns von den Etruskern, von den Kelten, von Jörg Jenatsch und den Vögten im Schams. Eines Tages nahm er mich mit zu einer Filmvorführung über die Schamserfehde. Es gab da eine Szene, in der ein Untertan dem Vogt in die Suppe spuckte, worauf der Kampf losging. Reiter jagten auf ihren Pferden enge, steinige Pfade hinauf, wurden aufgehalten, sprangen vom Ross; es wurde gefochten und gekämpft auf Leben und Tod. Weil ich sofort in meiner Phantasie im Film drin war und mitkämpfte, empfand ich entsetzliche Angst. Ich stellte mir vor, wie schmerzhaft es wäre, von einem dieser blitzschnellen Degenstösse durchbohrt und getötet zu werden. Der einzige Trost war, dass ich für eine gute Sache sterben würde, weil ich auf der Seite der Guten gegen die bösen Vögte kämpfte.

Als der Film zu Ende war, dauerte es noch längere Zeit, bis ich wieder ganz in der Gegenwart angekommen war und mich nicht mehr bedroht fühlte.

Eines Tages – ich stand als Erstklässler mit meinem Schlitten vor dem alten Schulhaus in Präz – sprach mich ein überaus freundlicher, älterer Mann an. Er trug eine goldgerahmte Brille, ähnlich der von Dr. Bräm, schien völlig begeistert von mir zu sein und erzählte etwas von den Römern. Es kam mir seltsam vor, dass er mit mir redete, als ob ich etwas Besonderes wäre. Das war ich nicht gewohnt. Im Gegenteil! Zuhause gab es nur zwei Möglichkeiten: Entweder man war *gschickt* und *folgte* oder nicht. Wenn nicht, musste man mit einem kräftigen *Klapf um d'Ohra* rechnen, bei dem man aber nicht zu *brüelen* anfangen durfte, weil Papa einmal gesagt hatte, dass in diesem Fall grad noch ein weiterer *Klapf* fällig wäre.

Gschickt sein und *folgen* war das, was uns keine Probleme einbrachte, darum bevorzugten wir diese Variante. Deshalb waren wir aber nichts Besonderes. Wir waren schon glücklich, wenn Papa nichts an unserer Arbeit auszusetzen hatte.

Der Archäologe soll dann zu Papa gesagt haben, dass ich nicht im Geringsten von einem Einheimischen zu unterscheiden wäre, wenn man mich mitten unter die alten Römer platzieren würde. Meine Römerähnlichkeit schien ihn so zu faszinieren, dass er mich einlud, zu ihm nach Hause zu kommen und bei ihm zu übernachten.

Als das meine Eltern erfuhren, muss ihnen wohl ein Licht aufgegangen sein. Ich kann mich erinnern, wie das Thema in der Stube besprochen wurde und wie Papa diese Einladung vehement ablehnte. Ich war etwas enttäuscht, doch es schien da einen Grund für dieses Nein zu geben, den ich nicht kannte und noch nicht verstehen konnte. Lange Zeit dachte ich aber immer wieder über diesen seltsamen Mann nach. Seine Bewunderung hatte etwas in mir ausgelöst, das ich nicht kannte. Das Gefühl, etwas Besonderes zu sein.

HIRTEN UND ALPEN

Der Heimvehhirt

Während der Heuerzeit kamen die Kühe auf die Präzer-Alp. Jeder Bauer behielt aber ein bis zwei Kühe im Stall, damit die Milchversorgung über den Sommer sichergestellt war. Für diese Kühe – auch Heimvieh genannt – brauchte man einen Hirten. Jemanden also, der die Kühe, wenn die Bauern am Heuen waren, auf die Weide trieb, auf sie aufpasste und am Abend zum Melken wieder nach Hause brachte.

Einer dieser *Heimvehhirten* war WERNER ELMER. Die Elmers waren Auswärtige, die die Baria unterhalb vom Dorf gepachtet hatten und den dortigen Hof bewirtschafteten. Werni hatte noch einen älteren Bruder, Jakob, und eine jüngere Schwester. Mit Jakob und Werni hatten wir eine Zeit lang regen Kontakt. Jakob lieh uns seine Fury-Bücher, Christian und ich gaben ihm unsere Wildwest- und Karl May-Romane zum Lesen. Die Fury-Bücher waren fast noch spannender als die Karl May-Bücher. Wir besuchten Jakob und Werni ab und zu in der Baria, streiften zusammen durch den Wald und verbrachten viele spannende Stunden zusammen mit Lesen und gegenseitigem Erzählen.

Eines Tages wurde Werni unser *Heimvehhirt* und wohnte in dieser Zeit bei uns im Haus. Er schlief in der kleinen Kammer über der Küche, ass bei uns *Zmorga*, trieb dann die Kühe auf die Weide und kam am Abend zum *Znacht* wieder zurück.

Werni war ein disziplinierter und sehr gewissenhafter Bub. Und von keiner Meinung abzubringen, die er einmal gefasst hatte. Früh am Morgen, bevor der Wecker fertig geläutet hatte, sprang er schon aus dem Bett und stand kurz danach angezogen in der Küche, bereit für den *Zmorga* und sein Tagewerk.

Eines Tages waren wir mit ihm zusammen auf der Weide, etwas oberhalb vom Dorf, dort, wo ein steiler Naturweg nach *Runcalida* hinauf führt. Da kam ein Wanderer des Wegs, ein Unterländer, wie wir sofort bemerkten. Er grüsste, blieb stehen und begann zu plaudern. Werni schien ihn besonders zu interessieren. Er fragte ihn aus.

So ähnlich wie es Doktor Bräm und Dutt mit uns gemacht hatten. Er wollte allerlei über seine Aufgaben als Hirt wissen, über seine Herkunft und seine Familie.

Werni, stämmig und selbstbewusst, gab nur ganz knapp Auskunft. Ich sah, dass er «gar nichts am Hut» hatte mit diesem fremden *Fötzel*. Nach einer Weile bot der Unterländer ihm eine Schokolade an. Da kam er aber an den Falschen. Werni lehnte das freundliche Angebot so vehement ab, dass es dem fremden Wanderer kurz die Sprache verschlug. Er versuchte es noch einmal und sagte, er solle doch nicht so tun, eine Schokolade dürfe man immer annehmen.

«Nein, nein, nein!» Werni schüttelte energisch den Kopf, versteckte die Hände hinter dem Rücken und liess sich um nichts in der Welt überreden, die ihm entgegengestreckte Schokolade anzunehmen. Der fremde *Fötzel* verstand die Welt nicht mehr, verabschiedete sich und lief weiter den steinigen Weg hinab ins Dorf.

Als wir Werni fragten, warum er denn so um alles in der Welt diese Schokolade nicht angenommen habe, sagte er, dass gehöre sich einfach nicht. Er habe nichts gemacht für den Mann und habe sich darum auch nichts verdient. Zudem nehme man von fremden Leuten nie etwas an, auf gar keinen Fall!

Heute glaube ich, es war für Werni eine Frage der Ehre. Der Fremde muss ihm das Gefühl vermittelt haben, dass er ihm ein Almosen geben wollte. Werni nahm seine Schokolade nicht an, weil es für ihn eine Erniedrigung gewesen wäre.

DER SCHAFHIRT

Unser Schafhirt war ein kleiner älterer Mann mit krummen Beinen und strubligen Haaren, grauem Bart und fröhlichen Augen. Am ehesten könnte man ihn mit Sam Hawkens, dem Westmann aus den Karl May Filmen, vergleichen.

Sein Vorname war Josef. Doch niemand nannte ihn so. Er war für alle einfach «dar Haas».

Heute würde mich seine Lebensgeschichte interessieren. Wo er geboren wurde, wo er aufwuchs, in welchen Verhältnissen und wie sein Lebensweg bis zum Schafhirt in der Gemeinde Präz verlief.

Haas war in jeder Hinsicht ein Original, nicht nur dem Äusseren nach. Sein bester Helfer war sein Hund, den er von jung an darauf abgerichtet hatte, auf verschiedene Pfiffe so zu reagieren, dass er damit die gesamte Schafherde nach Belieben aus der Distanz lenken konnte. Zum Beispiel: Ein kurzer Pfiff bedeutete Stop, warten. Ein langer Pfiff = treiben! Ein kurzer gefolgt von einem langen Pfiff = die Herde auf der rechten Flanke nach links treiben! Zwei lange Pfiffe = die Herde überholen und zurücktreiben! Im Abrichten seines Gehilfen war Haas ein Meister.

Nachdem er die Schafe am frühen Morgen von Präz bis zu Sogn Onna und dort hinauf auf die Weide getrieben hatte, holte er die von unserem Dorf. Sein langer, lauter, geschmeidigen Pfiff drang an jedes Ohr, und alle wussten dann, dass es Zeit war, die Tiere aus dem Stall zu lassen.

Manchmal gab es Probleme, wenn die Schafe von Präz in der Zwischenzeit kehrt gemacht hatten oder wenn unsere bei Sogn Onna vorbei liefen statt hinauf auf die Weide. Dann *klöpfte* Haas die Tiere mit seiner Peitsche wieder in die richtige Richtung.

Dieses Werkzeug, selbst hergestellt, war – nach dem Hund – die wichtigste Hilfe für einen Schafhirten wie Haas.

Die Peitsche bestand aus einem kurzen, mit Leder umwickelten Stab und einer, vielleicht drei Meter langen, aus Leder geflochtenen Leine mit einem Zwick (Schlinge) am Ende.

Laut Wikipedia entsteht ein Peitschenknall, weil der Zwick für einen Sekundenbruchteil eine Geschwindigkeit erreicht, die grösser ist als die Schallgeschwindigkeit der Luft, die verdrängt wird.

Haas wohnte in Präz und wurde im Wochenturnus von den Schafbesitzern verpflegt. Wenn er eine Woche bei uns war, hörten wir am Abend dann allerlei Geschichten. Er erzählte manchmal von grossen Hirschherden, die er gesehen habe. Tiere mit riesigen Geweihen. Dabei leuchtete sein von der Sonne rot-braun gebranntes Gesicht, und seine Augen unter den dichten, grauen Augenbrauen blitzten wie Sterne. Er grinste und lachte bei seinen Ausführungen, weil er genau wusste, dass er uns einen Bären aufband.

Doch das störte uns nicht. Wir wussten alle, dass er seiner Phantasie freien Lauf liess und dabei glücklich und zufrieden war. Und er war ein zufriedener Mensch, sogar ein glücklicher, würde ich sagen.

Wenn er am Abend die Schafe oberhalb vom Dorf zusammen getrieben hatte, setzte er sich auf einen Hügel und spielte auf seiner *Mulorgla* ein fröhliches Liedchen. Manchmal benutzte er auch andere Instrumente, eine kleine Flöte zum Beispiel. Dann auch ab und zu ein schwarzes Instrument mit drei Löchern, in Grösse und Form einer Avocado. Daraus zauberte er Klänge hervor, die ich heute als mystisch bezeichnen würde.

Haas lebte ein einfaches und sehr bescheidenes Leben. Ausser den Kleidern, die er auf dem Leib trug, und seinem Hund hatte er keine Besitztümer. Von der Gemeinde bekam er einen kleinen Lohn, mit dem er sich das Nötigste kaufen konnte. Und jemand wird ihm wohl die Wäsche gemacht haben, die er aber nicht oft wechselte, denn er roch immer stark nach Natur.

Wenn auf der Weide alles rund lief und Haas sich für eine Weile Ruhe gönnen konnte, setzte er sich ins Gras und stopfte sich eine Pfeife.

Wir hüten an einem wunderschönen Herbsttag, hoch oben auf der Weide, unsere Galti und treffen auf den Schafhirt. Seine Schafe weiden, als weisse Flecken sichtbar, weiter unten am Hang. Haas ist in bester Laune und setzt sich unter eine grosse Lärche. Wir setzen uns zu ihm, weil wir wissen, was jetzt kommt.

Aus dem Sack seiner speckigen Jacke holt er seine Pfeife hervor, dann ein ledernes Säcklein, das mit einem dünnen Lederriemchen zugebunden ist. Er öffnet den kleinen Beutel, nimmt die Pfeife, steckt sie halb in den Tabakbeutel, füllt die kostbaren Blätter vorsichtig in den ausgebrannten Pfeifenkopf und achtet sorgfältig darauf, dass kein Blättchen verloren geht. Wenn die Pfeife sauber gestopft ist, kommt der Höhepunkt. Der Schafhirt holt eine Zündholzschachtel aus den Tiefen seiner Hirtentasche, öffnet sie, nimmt ein Hölzchen zwischen die Finger und dreht sich mit der Pfeife vom Wind weg.

Es macht «Zisch!» Die Flamme nah über dem Pfeifenkopf haltend, pafft Haas dichte blaue Wolken in die frische Herbstluft. Grinsend – als ob er uns erfolgreich einen Zaubertrick vorgeführt hätte – wirft er das abgebrannte Zündholz ins Gras und stopft, ohne auf die Glut zu achten, mit seinem schwieligen Zeigefinger den brennenden Tabak tiefer in die Pfeife.

Ich wunderte mich immer, dass er sich dabei nicht die Finger verbrannte. Wahrscheinlich waren sie von der vielen Arbeit draussen von Hornhaut überzogen und deshalb unempfindlich geworden.

Ab und zu zog Haas auch ein kleines, gelbes Päckchen, auf dem eine Frau mit rassiger Kurzhaarfrisur aufgedruckt war, aus seiner Tasche. Zigaretten. Die faszinierten uns noch mehr als die Pfeife. Wir bettelten eine Weile und bekamen dann so einen Rauchstengel, immer aber mit der Ermahnung, uns vor dem Heimgehen *ds Mul* mit Wasser auszuspülen, damit die Eltern nichts merken würden.

Am Abend trieb Haas alle Schafe oberhalb vom Dorf zum «Schafscheiden» zusammen. Der Weg nach *Danlarasch* führt dort durch eine enge Stelle, die links und rechts von einem hohen Wiesenbord gesäumt ist. Ideal dazu geeignet, durch ein Gatter die Schafe aufzuhalten und zu «scheiden».

Jede Bauersfrau – Schafe waren die Sache der Frauen – stand dann da und suchte ihre Tiere aus. Mama, Annanutina, ds Anni vom Deia, ds Käthi vom Janett ...

Die Schafe jeder Bäuerin hatten ein Zeichen am Ohr. Mama schnitt ihnen zum Beispiel kurz nach der Geburt die Spitze vom rechten Ohr ab. Andere schnitten ein Dreieck hinein oder beide Ohrspitzen ab.

Wir konnten die eigenen Tiere aber auch einzeln unterscheiden. Jedes hatte sein besonderes Aussehen, seinen Charakter. Wir kannten sie so, wie man Leute kennt. Das Vieh auch mit Namen. Sogar Barri, unser Hund, kannte unser Vieh, wenn auch nicht namentlich. Er trieb die Tiere auf Befehl einzeln aus einer ganzen Herde heraus.

Die Schafe hatten keinen Namen, es gab nur die *Schellau* und die anderen Schafe. Die *Schellau*, das Leitschaf, trug eine kleine Schelle um den Hals. Wo sie hinging, folgte die ganze Herde nach.

Manchmal tauchte Haas am Abend mit einem neu geborenen Lämmchen auf, das er auf seinen Armen trug wie eine Mutter ihr Neugeborenes: Fürsorglich, beschützend, voller Liebe. Ein perfektes Bild vom guten Hirten. Leider hatte ich damals noch keine Möglichkeit, das zu fotografieren. Im Dorf hatte nur Bäsi Anna einen Fotoapparat. Sie fotografierte aber vor allem ihre Kinder von der Scoletta und die Leute im Dorf. Auch Landschaften und ab und zu unsere Heinzen auf der Wiese.

«D Hütta vom Haas» stand auf einer Ebene oberhalb eines Lärchenwaldes, der die Weide von den darunterliegenden Wiesen über dem Dorf Präz abgrenzte. Ganz in der Nähe starteten wir im Winter jeweils zum jährlichen Schülerskirennen.

Haas hatte die kleine Hütte aus Brettern gebaut, die er wahrscheinlich von einem Zaun entwendet hatte. Sie mass etwa zwei auf zwei Meter im Quadrat und war so hoch, dass ein erwachsener Mann gut darin stehen konnte. Das Pultdach aus Brettern, mit Teerbahnen abgedichtet, hielt den Regen ab. Eine stabile Tür, mit einem Schloss gesichert, verhinderte, dass unbefugte Gäste seine Hütte betreten konnten.

Zwischen Tür und Angel gab es jedoch einen Spalt, durch den man ins Innere sehen konnte. Da stand ein selbstgebastelter kleiner Tisch und an einer Wand eine kleine Holzbank. Darüber an der Wand ein Gestell mit Konservendosen und allerlei Dingen, die ein

Schafhirt benötigte, um sich sein Leben, vor allem bei schlechtem Wetter, etwas angenehmer zu gestalten.

Haas achtete sehr darauf, dass niemand in seiner Abwesenheit seine Hütte betrat. Es war ein Privileg, als er sie uns dann einmal von innen zeigte. Wir durften ihm, auf dem kleinen Bänklein sitzend, zuschauen, wie er sein *Zmarend* ass. Die ganze Hütte roch etwas muffelig, nach nassen Kleidern, nach Speck und kaltem Feuer. Kurz gesagt: Nach Haas! So roch es auch, wenn er bei uns in der Küche beim Znacht sass. Für mich war der Geruch nicht unangenehm, eher abenteuerlich. Feuer, Wind, Wetter, Regen und Natur – alles in einem.

Niemand weiss, was unser Schafhirt in all den langen Tagen, Wochen, Monaten und Jahren als Hirt auf der Weide, bei Sonnenschein, Wind und Wetter, für Erkenntnisse über das Leben gewonnen hat. Nach seinem Lebensstil und wenn ich das kurze Video in mir betrachte, wo er mit einem neu geborenen Lämmchen auf den Armen, lächelnd auf mich zukommt, dann denke ich, dass er in seinem einfachen Leben vielleicht gefunden hat, was wirklich zählt und auch viel bedeutendere Leute nicht finden: Die Einheit mit der Natur und mit sich selbst.

D GALTVEHALP

Das Galtvieh wurde den Sommer über in verschiedene Alpen verteilt. Jeder Bauer bestimmte selbst, wo er sein Vieh platzieren wollte. Unser Galtvieh hatten wir zusammen mit einem befreundeten Bauern aus Präz viele Jahre auf einer Alp in Hinterrhein. Wenn es Zeit war, die Alp zu bestossen, trieben wir unser Vieh von Dalin ins Tal nach Summaprada und von dort über Thusis auf dem «Alten Weg» durch die Viamala bis nach Hinterrhein. Wir starteten am Abend, liefen die ganze Nacht durch und kamen gegen Morgen dann in Hinterrhein an. Papa an der Spitze der Herde, wir Buben am Schluss. Besonders für die Kleinsten, die Kälber, war das eine Tortur. Je länger der Marsch dauerte, desto langsamer wurden sie, und wir mussten sie immer öfter antreiben.

Auf dem ganzen Weg wurden wir, besonders gegen Morgen, immer wieder von Autos überholt, die uns blendeten. Wir mussten ihnen Platz machen und die Tiere auf die Seite treiben. Manchmal wurde auch ungeduldig gehupt, weil wir mit unserer Herde ein Hindernis für den Verkehr darstellten.

Wenn wir am frühen Vormittag in Hinterrhein ankamen, begann nach einer kurzen Ruhepause der Aufstieg zur Alp, der auch noch zwei bis drei Stunden dauerte. Auf einem schmalen, steinigen Weg, der im Zickzack über einen wilden Bach führte, liefen wir bergan. Immer wieder mussten wir von Stein zu Stein springen und manchmal dem Bach entlang laufen, bis ein geeigneter Übergang gefunden war. Oft ging es nur mit Papas Hilfe. Er reichte uns seine kräftige Hand und zog uns mit einem Ruck über besonders schwierige Stellen. Natürlich musste auch das Vieh über diesen wilden Bach. Ich sehe jetzt noch die Kälber, wie sie fast bis zum Bauch im kalten Wasser stehen und nicht weiter wissen. Mit Rufen, Schreien und mit Stockhieben mussten wir sie motivieren, weiter zu laufen. So gegen Mittag kamen wir dann auf der Alp an, durften uns ins Gras setzen und den Rucksack öffnen.

Wahrscheinlich habe ich in meinem Leben nie ein Mittagessen so hart verdient wie dieses. Es war ein unglaubliches Gefühl von Erleichterung, von Freude und Stolz auf die erbrachte Leistung. Ein Gefühl absoluter Zufriedenheit, mit nichts zu vergleichen, was ich später im Leben erfahren habe.

Als ich dann etwas älter war, beschloss Papa, die Galti mit Lastwagen in die Alp zu transportieren, wie das auch andere Bauern taten. Wir mussten dann das Vieh nur bis ins Tal nach Summaprada treiben. Dort wurde es verladen und kam ein paar Stunden später in Hinterrhein an. Für den Weg in die Alp hinauf brauchte man aber trotzdem noch Treiber. Die Wahl fiel dann einmal auf mich. Ich sollte mit meinem Öhi zusammen mit einem Lastwagen mitfahren. Aus welchem Grund ich dann doch nicht mitfuhr, weiss ich nicht mehr.

Öhi Balza fuhr allein, setzte sich aber nicht in die Führerkabine zum Chauffeur sondern stand den ganzen Weg zusammen mit dem Vieh auf der nach oben offenen Ladebrücke des Lastwagens, direkt hinter der Führerkabine. So habe er frische Luft und die beste Aussicht, meinte er grinsend, bevor die Fahrt los ging.

Der Platz neben dem Chauffeur, der für mich vorgesehen war, blieb – zum Glück – leer. Zum Glück deshalb, weil es in der langen Kurve bei Bärenburg einen Unfall gab.

Mein Onkel flog über die Führerkabine auf die Strasse und kam mit einem gewaltigen Schrecken und leichten Verletzungen davon. Dort, wo ich gesessen hätte, war die Führerkabine zerstört.

Im Dunkeln nach Hause

Nachdem wir einmal die Alp in Hinterrhein bestossen hatten, nahm der Lastwagenchauffeur auf dem Rückweg mich und *as Maitli*, das auch geholfen hatte, das Vieh ihrer Familie auf die Alp zu treiben, mit bis nach Summaprada.

Es ist schon spät, als wir ankommen. Wir laufen im Dunkeln den «alten Weg» durch die Valeina duruf bis nach Präz, wo sie zu Hause ist. Sie ist ein Jahr älter als ich und hat eine Taschenlampe, die uns den Weg erhellt. Wir kennen uns von der Schule und haben auch zusammen mit meinem älteren Bruder auf Pranzolas das Vieh gehütet. Ich mag sie und überlege den ganzen Weg, was ich reden könnte. Doch mir fällt nichts ein.

Als wir in Präz ankommen, sagt sie tschau und geht ins Haus. Ich laufe allein weiter. Es ist dunkel ohne ihre Taschenlampe. Hätte ich doch nur gewusst, was reden.

PRAU PIGNIEL

Prau Pigniel mit Piz Beverin.
Das Maiensäss liegt fünfhundert Meter unter-
halb Dultschinas, der Mittelstation der Skilifte
Heinzenberg AG, die Sarn mit der Sarner Alp
und dem Heinzenberger Grat nördlich des
Tguma verbindet.

D Robata

Der Höhepunkt der Sommersaison kam, wenn wir im Dorf mit Heuen fertig waren. Dann zügelten wir auf den *Berg*, auf das Maiensäss *Prau Pigniel*. Für die Heuete auf diesem grossen Maiensäss brauchten wir etwa zwei bis drei Wochen. Manchmal auch länger. Das hing ganz vom Wetter ab.

Die *Robata* war eine spannende Angelegenheit für uns. Mama musste alles einpacken, was Küche und Essen betraf. Papa trug alles zusammen, was wir für die Heuete brauchten.

Die *Robi* gab viel Arbeit. Geschirr, Besteck, Pfannen, Decken, Kissen, das selbst gebackene Brot und andere Esswaren mussten verpackt und auf den Rapidanhänger geladen werden. Wir Buben rannten zwischen Haus und Stall hin und her, immer mit etwas beladen, was auch noch mit musste. Die Katzen transportierten wir in grossen Kartonschachteln, in die wir mehrere Löcher zum Atmen gemacht hatten. Die Hühner mussten eingefangen und in Holzkäfige gesteckt werden. Mit lautem Gegacker reklamierten sie gegen die ungewohnte Behandlung.

Auch Barri, unser Hund, spürte die Anspannung. Aufgeregt lief er mit uns vom Haus zum Stall und wieder zurück. Seine Aufgabe kam aber erst, wenn die Kühe aus dem Stall gelassen wurden. Dann durfte er sie mit uns Buben zusammen den steilen Bergweg hinauf nach *Prau Pigniel* treiben.

Als ich noch kleiner war, durfte ich manchmal, auf der *Robi* sitzend, mitfahren. Das war ein wunderschönes Erlebnis. Ich freute mich ungemein auf das Leben auf *Prau Pigniel*. Dort waren wir, trotz harter Arbeit, viel freier als im Dorf. Es gab so viele Möglichkeiten, sich neben der Arbeit zu beschäftigen. Sogar Papa war dort meist besser gelaunt. Vielleicht auch, weil Nana und Bäsi Anna ihm nicht überall dreinreden konnten.

Ein paar Tage vor der Züglete mähte Papa jeweils mit der Sense das hohe Gras um Hütte und Stall, damit man mit der *Robi* unbehindert zufahren konnte.

Auf dem *Berg* angekommen, begann Papa mit dem Abladen der *Waffis*, wie Öhi Balza die Werkzeuge zum Heuen nannte.

Mama kümmerte sich um die Esswaren. Besonders interessant war der Keller im hinteren Teil der Hütte. Dort war es auch bei der grössten Hitze immer angenehm kühl.

Von der Decke hing, wie im Buch Schellenursli dargestellt, ein Gestell für die Brote. Nachdem es mit den von Mama gebackenen Broten gefüllt war, kamen Käse und Butter, Harasse mit Getränken wie Süss- und Sauermost, Kohlrabi, *Härdöpfel* und andere Lebensmittel in den Keller.

In der Küche stand ein eiserner Kochherd mit einem Rohr, durch das der Rauch nach oben und durch die Hüttenwand ins Freie gelangen konnte. Der Küchenboden bestand aus fester, lehmiger Erde, verziert mit dem Muster der Nagelschuhe von Papa und Öhi Balza. Auf dem eisernen Herd gab es zwei kreisrunde Löcher für die schweren Kupferpfannen.

Wenn Mama gekocht hatte, schüttete sie das Restwasser in die Vertiefung vor der Hütte, die das Regenwasser vom Dach*kännel* dort in den Boden gegraben hatte. Wenn es lange nicht regnete, lagen noch ein paar Tage Reste von Teigwaren in der Grube.

Gegen Abend dann machte Papa im Stall unsere Schlafplätze parat. Auf einer *Brügi* wurden unten, seitlich und oben am *Barmen* Bretter angenagelt und ein paar Strohballen darin ausgezettet.

Als Leintücher dienten Heublachen, fürs Zudecken gab es eine Wolldecke. Die Kopfkissen bekamen einen rot-weiss karierten Überzug. Gegenüber unserem Schlaflager wurden die Kühe auf der *Brügi* angebunden. Manchmal, wenn sie in der Nacht *brunsten*, bekam ich ein paar Spritzer ins Gesicht.

Besonders schön war das Erwachen am frühen Morgen, wenn ich – noch im Halbschlaf – hörte, dass Papa schon am Melken war. Das Geräusch der Milchstrahlen, die in den Melkeimer strömten, der Klang, wenn der Henkel auf den Eimer fiel, wenn Papa zur nächsten Kuh wechselte … Das waren Geräusche, die in mir das Gefühl einer wundervollen Geborgenheit auslösten. Eine Steigerung erfuhr dieses Gefühl nur noch, wenn ich hörte, dass es zu regnen anfing.

Zuerst waren es jeweils nur einzelne Tropfen, dann mehr, dann wieder weniger, dann ein Rhythmuswechsel von feinen Geräuschen zu einem immer stärkeren Trommeln. Und dann, wenn das Finale kam, verschmolzen die einzelnen Töne zu einem mächtigen Rauschen. Gleichzeitig plätscherte das Wasser vom Dachkännel mehrere Meter hinab in die Grube vor dem Stall. All diese Geräusche waren wie ein Konzert für mich. Ich fand sie einfach wunderbar, nicht zuletzt auch deshalb, weil sie bedeuteten, dass der Tag nicht so streng werden würde, weil man bei Regen nicht heuen konnte.

D Feisti

Am meisten Arbeit beim Heuen gab die *Feisti*. Papa montierte jeweils am frühen Morgen den Mähbalken an den Rapid und mähte dann bis am Mittag. Mama und wir Buben mussten alles mit der Heugabel *strütschen*. Hin und her, her und hin … Es war der gleiche Ablauf wie beim *Wellnen*: Man fing in der Mitte einer Mahde nebeneinander an, lief zettend auseinander bis man am Rand der Wiese angekommen war, nahm die nächste Mahde und *strütschte* wieder gegeneinander, bis man sich in der Mitte traf. Das ging dann stundenlang, meist bei grosser Hitze, so hin und her.

Zum Glück gab es die Znünipause. Wir Buben hatten damals keine Uhr und wussten nie genau, wann es Zeit dafür war. Wenn Papa rief, Mama solle das Znüni machen, begab sie sich zur Hütte. Wenn dann Rauch aus dem Abzugsrohr unter dem Dachgiebel hervorquoll, wussten wir, dass es Zeit war. Wir liessen unsere *Waffis* fallen und rannten wie junge Hunde auf die Hütte zu.

Der Vorteil beim Heuen auf dem Maiensäss war, dass Hütte und Stall mitten in der Wiese lagen. Es gab keinen langen Weg zum Haus wie im Dorf und deshalb auch kein Znüni und Zvieri auf der Wiese.

Nach dem Znüni, gegen Mittag, wurde es dann immer heisser. Die Sonne brannte fast senkrecht auf unsere Köpfe. Papa hatte einen Strohhut, Mama auch. Wir Buben arbeiteten oft mit nacktem Oberkörper. Mit der Zeit wurde die verbrannte Haut braun, und die Sonne konnte uns nichts mehr anhaben. Ich habe heute noch mehrere braune Flecken auf den Schultern, die von den Verbrennungen beim Heuen stammen.

Wenn das gezettete Heu trocken war, musste es gekehrt werden, damit auch die andere Seite trocknen konnte. Bei gutem Wetter war das Heu nach einem halben Tag dörr. Dann wurde es zusammengestossen, der Rapid – früher das Ross – wurde mit dem Heuwagen zwischen zwei Heuschlangen gefahren, und einer von uns musste auf den Wagen und Heu stampfen.

Die Hauptarbeit von uns Buben bestand darin, die Wiese zu rechen. Die grossen Flächen mit dem Schlepprechen und den Rest mit dem kleinen Holzrechen. Papa legte grossen Wert darauf, dass keine Heuresten zurückblieben. Das wäre für ihn ein Zeichen von *liadarlicham Schaffa* gewesen.

Wenn wir am Sonntag manchmal einen Ausflug machten und über die Wiesen der Sarner Bauern liefen, lag oft noch Heu auf dem Boden. Das gefiel Papa nicht. Auch nicht, wenn die Wiese unsauber gemäht und *Schnäuze* zu sehen waren. *Schnäuze* gab es, wenn beim Mähen mit dem Motor über hügeliges Gelände der Mähbalken nicht alles Gras erwischte. Für Papa war selbstverständlich, dass in diesem Fall mit der Sense nachzumähen war.

Aber für so etwas hatten die Sarner Bauern keine Zeit. Für manche war es wichtiger, die Schnellsten zu sein. Als Erste auf dem Berg und als Erste wieder im Dorf. Meist waren das die Hännys. Sie fuhren manchmal mit ihrer Robi schon wieder ins Dorf hinunter, wenn wir erst auf Prau Pigniel angekommen waren. Die Laniccas liessen sich mehr Zeit. Auch die Familie von meiner Gotta Elsbeth. Ihr Maiensäss lag gerade oberhalb von unserem Seeli. Sie mussten mit ihrer *Robi* über «unseren» Bach, die Magerwiese und am Seeli vorbei hinauf fahren, um auf ihren Berg zu gelangen.

Barri, Albert mit Magd Clärli auf Prau Pigniel. Auf dem Holzbock, wo Öhi Balza seine Sagi-Probleme durch den Ausruf «Huari Sagi» beendete, ca. 1955.

Prau Pigniel mit der alten Hütte, ca. 1960.

Der Heuwagen hatte vorne und hinten ein gut zwei Meter hohes Holzgatter. Wenn das Fuder diese Höhe erreichte, kam ein langer Holzbalken darüber, der vorne und hinten im Gatter eingehackt wurde, der *Wiesbaum*. Dieser *Wiesbaum* wurde mit einer *Tretsche* – einem langen, geflochtenen, kräftigen Lederseil – nach unten gezogen und festgezurrt. Damit war das Heufuder gesichert und konnte in den Stall gefahren werden.

Um auf den Heustall zu gelangen musste Papa über eine kleine Holzbrücke rückwärts fahren, was wegen dem engen *Tenn*, immer eine Herausforderung war.

Das Heu wurde dort in die *Fanilla*, in eine Tiefe von etwa vier Metern, hinunter geworfen. Wenn ich das Heu verteilen und stampfen musste, bekam ich manchmal Atemnot, weil es stark staubte. Je höher der Heustock dann wuchs, desto besser wurde es, weil vom offenen Tor frische Luft hereinkam.

Wie schnell wir mit dem Heuen vorankamen, hing allein vom Wetter ab. Wenn wir damals schon ein Handy mit einer Wetterapp gehabt hätten, wäre es etwas einfacher gewesen.

RÄGAWÄTTER

Einmal in der Woche erhielten wir auf dem Maiensäss die Post mit der Zeitung. Zuerst las Papa sein freisinniges Leibblatt «Der Freie Rätier». Erst danach durften auch wir Buben hineinschauen. So erfuhren wir, wenn auch mit Verspätung, was in der Welt so alles gelaufen war.

Daran, dass auch Mama die Zeitung gelesen hätte, kann ich mich nicht erinnern. Sie fand, Politik sei Männersache, und Frauen sollten sich nicht damit befassen. Auch die Einführung des Frauenstimmrechts hielt sie für einen grossen Fehler.

«Der Freie Rätier» wurde auf Prau Pigniel aber nicht nur gelesen. Er wurde auch zum Feuer machen und als WC-Papier benutzt. Denn Rollen mit weichem Papier gab es bei uns noch nicht. Auch im Laden bei Bäsi Tilli in Präz nicht, soviel ich weiss. Das kam erst viel später, als immer mehr Freiluft-Hüsli im Dorf durch den Einbau von WCs mit Bad ersetzt wurden.

Irgendwann hatten wir dann sogar einen Radio auf dem Maiensäss. Die Wettervorhersagen waren jedoch noch nicht so genau wie heute. Und deshalb mähte Papa manchmal zuviel auf einmal. Wenn das Heu dann erst halb trocken war und es nach Regen aussah, mussten alle auf die Wiese rennen und *schochnen*. Diese Heuhaufen hielten ein wenig die Nässe ab. Manchmal fing es aber schon zu regnen an, bevor wir damit fertig waren. Uns Buben kümmerte das aber nicht. Wir riefen «Räga kumm, Räga kumm!» Einfach aus Spass und darum, weil wir dann eine Zeit lang nicht arbeiten mussten.

Falls unser Ruf erhört wurde und der Regen längere Zeit auf das Blechdach rauschte, war das für uns fast wie Weihnachten. Wenn es dann aber tagelang regnete, wurde es auch uns langweilig. Dann vertrieben wir uns die Zeit mit Jassen, Spielen und Schlafen. Und wir streiften im *Wäldli* beim *Seeli* herum, wo es alles Mögliche zu entdecken gab.

Beim Jassen in der Hütte bestaunte ich immer wieder die wunderschönen Zeichnungen von Hirschen und Rehen an der Wand, die Papa in der Sekundarschule mit Farbstiften gezeichnet hatte. Alles stimmte: die Proportionen, die Farben und der Ausdruck der Tiere. Leider sind diese Zeichnungen schon lange verschwunden.

Wenn das Wetter dann besserte, mussten all die vielen *Schochen* wieder auseinander genommen und zum Trocknen ausgezettet werden. Hatte es länger geregnet, war der Heuhügel schon durchnässt und im Inneren angegraut, was Papa verständlicherweise überhaupt nicht schätzte.

Eine andere Möglichkeit, das Heu zu trocken und gleichzeitig vor dem Regen zu schützen waren die *Heinzen*. Es gab die dreibeinigen Holzgestelle, die man aufklappen konnte und die grösseren, wo Pfähle in den Boden geschlagen und mit Latten verbunden wurden. Dann gab es noch die ganz grossen Heinzen. Die waren sehr lang und wurden über mehrere Pfähle mit Drähten verbunden, worüber dann das Gras zum Trocknen gelegt wurde.

Es gibt Fotos von einer Heinzen-Wiese, aufgenommen von Bäsi Anna. Vielleicht wollte sie die grosse Arbeit dokumentieren, oder sie fotografierte sie einfach, weil es ein schöner Anblick war.

Der Fotoapparat meiner Tante war ein längliches schwarzes Kästchen mit zwei Linsen vorn und einer Kurbel auf der rechten Seite. Bäsi Anna schaute beim Fotografieren von oben in den Apparat und drehte nach dem Auslösen ein paar Mal an der Kurbel. Heute weiss ich, dass sie mit einer Rolleiflex fotografierte. Das war damals eine Art Rolls-Royce unter den Fotoapparaten.

D Mägari

Die schönste Zeit auf Prau Pigniel begann für mich, wenn die *Feisti* eingebracht war und es ans Mähen der *Mägari* ging. Dieses Gras war viel feiner und mit schönen, gutriechenden Blumen durchsetzt. Es gab auch viel weniger Arbeit beim Zetten und Zusammenrechen. Zudem mähte ich gerne von Hand. Ich genoss es, wenn meine Sense gut haute. Und mir gefiel das Schnittgeräusch, wenn sie durchs Gras fuhr.

Diese Arbeit war aber auch eine Art sportliche Herausforderung für mich. Weil wir hintereinander mähten, versuchte ich manchmal, meinen älteren Bruder einzuholen, der vor mir und hinter Papa mähte.

Dieser Wettbewerb führte dann einmal dazu, dass meine Sense meinem Bruder zu nahe kam. Zum Glück passierte das aber nicht auf Prau Pigniel sondern in einer Wiese oberhalb von Dalin, wo der Weg zum Arzt nicht so weit war.

Plötzlich hörte ich einen Schrei. Wie sich später herausstellte, war die Spitze meiner *Sägasi* genau zwischen Achillessehne und Knöchel durch den Fuss meines Bruders gedrungen.

Prau Pigniel, ca. 1956. Von links: Christian, Papa, Hans, Mama und Bäsi Anna auf dem Fuder. Nicht sichtbar: Ross Fanny vor dem Heufuder.

Neni beim Heuen auf Prau Pigniel, mit Aussicht ins Albulatal.

Als Papa dazukam und sah, was ich angerichtet hatte, gab er mir nicht etwa einen *Klapf um d Ohra*, wie ich es in so einer Situation gewohnt war, sondern er sagte mir *alli Himmalärdaschand*.

Als Christian dann vom Arzt zurück kam und alles nicht so schlimm war, weil die Sehne noch ganz war, waren wir alle sehr erleichtert.

Ein Teil der Magerwiesen auf *Prau Pigniel* erstreckte sich vom Bach neben der Hütte hinauf zum *Tännaliwald*, von dort zum *Seeli* einen steilen Hang hinauf. Dieser Hang hatte oben drei Hügel. Für uns Buben waren das Berge aus dem Himalaya: Everest, Annapurna und Daulaghiri.

Wenn die Arbeit es zuliess, erlaubte uns Papa, diese drei Berge zu besteigen. Und bald kamen wir auf eine glänzende Idee. Wir nahmen ein kurzes Brett und hieben es mit der Axt auf einer Seite schräg ab, damit es nicht im Gras stecken blieb. Zwei Leisten, vorne und hinten drauf genagelt, sorgten für den nötigen Sitzhalt. Mit diesem Gefährt rutschten wir dann immer wieder johlend von Everest, Annapurna und Daulaghiri über die gemähte Magerwiese ds Loch ab.

Mit der Zeit wurden unsere Bretter immer schneller, weil das trockene Gras die Unterseite richtiggehend polierte. Wir machten Rennen, jeder von seinem Berg, und natürlich wollte jeder gewinnen. Manchmal blieb das Brett allerdings auch im Gras stecken, und wir *trolten* ohne Brett den Hang *durab*.

DER 1. AUGUST

Der Höhepunkt auf Prau Pigniel kam, wenn der Nationalfeiertag nahte. Der erste August. An diesem Tag trugen wir eine grosse Menge Holz auf einen Hügel, schichteten es dort auf und freuten uns auf das Feuer am Abend. Wie wir zu Raketen, Vulkanen und anderem Feuerwerk kamen, weiss ich nicht mehr. Wahrscheinlich konnten wir das im Laden bei Bäsi Tilli Manni in Präz kaufen.

Ein erster August war besonders speziell, weil wir Besuch von Kurt aus Wien bekommen hatten. Wie Papa erzählte, kam Kurt als Kind während der Schweizer Hilfsaktion nach Ende des 2. Weltkrieges in die Schweiz und fand bei Neni und Nana eine Zeit lang eine Heimat.

Kurt war beim Besuch ein junger Mann von knapp dreissig Jahren und immer noch sehr dankbar für die Zeit, die er in der Schweiz hatte verbringen dürfen. Was mich besonders faszinierte war das Radio, das Kurt mitgebracht hatte. Es hatte eine Antenne, die man zum besseren Empfang an das Blechdach der Hütte anschliessen konnte.

Kurt war begeistert von unserem Brauch am Nationalfeiertag und packte gleich tatkräftig bei den Vorbereitungen an. Wir beluden eine Karette mit Holz, Kurt rannte wie ein Verrückter mit ihr die Wiese hinauf zum Seeli und wir Buben begeistert hinterher. Mit Kurts Hilfe schichteten wir so in kurzer Zeit einen grossen Haufen Holz für unser 1. August-Feuer auf. Als Abschussrampen für die Raketen steckten wir leere Flaschen in den weichen Moosboden.

Nachdem die Vorbereitungen abgeschlossen waren, liefen wir wieder zur Hütte hinunter, bekamen *Znacht* und warteten, bis es eindunkelte. Papa nahm Zündhölzer und, falls es tagsüber noch geregnet hatte, etwas Brennsprit mit. Damit konnte man auch feuchtes Holz zum Brennen bringen.

Wenn das 1. August-Feuer dann lichterloh brannte und die ganze Wiese ums Seeli erhellte, durften wir unser Feuerwerk anzünden.

Zuerst die Vulkane. Wenn die ausgebrannt waren, kamen die Raketen dran. Kurt rannte von einer Abschussrampe zur nächsten, hielt ein brennendes Zündholz an eine Lunte, wartete, bis die Rakete wegzischte, sprang zur nächsten, dann zur übernächsten ... Es *klöpfte* und *tätschte*, dass es eine Freude war.

Rundherum und auf den Bergen loderten Feuer. Und überall explodierten mit lautem Knallen wunderschöne farbige Figuren im Nachthimmel, leuchteten hell und heller und erloschen langsam wieder.

Nach etwa zwei Stunden wurde es ruhiger. Wir setzten uns ins Gras und staunten in die Glut. Kurt begann zu erzählen: Von der Zeit, als Krieg war. Und wie schön er es danach in der Schweiz bei Neni und Nana gehabt hatte. Wir hörten gespannt zu und versuchten zu verstehen, was mit diesem Krieg gewesen war. Ich begriff nicht, wieso man Krieg machte.

EIN SONNTAGSAUSFLUG

Es ist Sonntag und schönes Wetter. Papa steht mit dem Rasierzeug in der Hand vor der Hütte, auf dem Bänklein ein Becken mit Wasser. Er hängt einen kleinen Spiegel an die sonnenverbrannte Hüttenwand und taucht dann den Pinsel ins Wasser. Als Rasierschaum dient ihm die Seife, die wir jeden Tag benutzen, um uns zu waschen.

Nachdem er die schwarzen Bartstoppeln eingeschäumt hat, greift er zum Halter mit der Rasierklinge. Fasziniert schaue ich zu, wie die schwarzen Stoppeln streifenweise mit dem Schaum aus seinem Gesicht verschwinden. Zum Schluss wischt er sich mit dem Tröchner das Gesicht ab und begutachtet mit vorgeschobenem Unterkiefer sein Werk im Spiegel.

Diese Kieferstellung ist ein sicheres Zeichen für mich, dass Papa an diesem Sonntag besonders gut gelaunt ist. Kurz darauf verkündet er denn auch, dass wir nach dem Mittagessen einen Ausflug machen.

Einen Ausflug? Wohin?

«Uf da Glaspass», sagt er.

Nach dem Essen und als Mama das Geschirr abgewaschen hatte, brachen wir auf. Quer durch die gemähten Wiesen, Richtung Porteiner Alp. Wir Buben sprangen wie junge Hunde voraus, wieder zurück und wieder davon. Papa mahnte uns, unsere Kräfte zu schonen, weil es noch ein weiter Weg sei.

Nachdem wir die Porteiner Alp hinter uns gelassen hatten, kamen wir auf einen Alpweg, wo das Laufen leichter war. Es dauerte aber noch ziemlich lange, bis wir unser Ziel erreichten. Auf dem Glaspass angekommen, staunten wir, wie gewaltig der Piz Beverin aus der Nähe aussah.

An einem Hang mitten in der Wiese stand ein Haus, vor dem mehrere Leute an langen Tischen sassen. Das Berggasthaus Beverin. Papa lief uns voraus, Mama und wir Buben hintendrein. Wir setzten uns auf eine freie Bank, und ich bekam ein Getränk, das ich noch nicht kannte: Bergamotta. Es war mein erstes Getränk dieser Art und ein unvergesslicher Genuss.

Zu Hause bekamen wir Wasser, Tee und Kaffee. Manchmal noch Süssmost von unseren eigenen Äpfeln aus dem *Bongart*. Auch sauren Most liess Papa davon machen. Der war aber wirklich furchtbar sauer! Ich verstand nicht, dass man so etwas trinken konnte. Und erst recht nicht, nachdem ich Bergamotta entdeckt hatte.

Viele Jahre später lernte ich dann Getränke kennen, die mir doch noch etwas besser schmeckten als Bergamotta.

D Präzar Höhi

Ein beliebtes Ausflugsziel von uns war die Präzer Höhe, die von Prau Pigniel aus in etwa einer Stunde über die Sarneralp erreichbar ist. Mit 2119 m ü.M. der höchste Punkt am äusseren Heinzenberg mit einer unvergleichlich grandiosen Rundumsicht.

Bei einer Kameradrehung nach rechts um 360 Grad mit Ausgangspunkt Piz Beverin schweift das Auge zum Bruschghorn, über den inneren Heinzenberg mit Tguma und hinüber ins Safiental. Vom Tal hinauf zu den Bergen der Signina-Gruppe mit Piz Fess als höchster Erhebung. Nach rechts zum Vorabgletscher und über den Flimserstein zur Ringelspitze und zum Calanda. Weiter über Brambrüesch und Dreibündenstein ins Domleschg mit Faulhorn, Stätzerhorn, Piz Scalottas und Parpaner Rothorn im Hintergrund.

Über Piz Ela, Piz Mitgel und Tinzenhorn ins Albulatal. Dann übers Muttner Horn und die Muttner Höhe hinunter nach Hohenrätien und in die Viamalaschlucht. Und von Thusis dann über die Beverinkette wieder zurück zum Piz Beverin. Die höchsten Berge in dieser Runde: Piz Ela 3339 m ü. M., Tinzenhorn 3173 m ü. M. und Piz Mitgel mit 3159 m ü. M.

Der Piz Beverin mit 2997 m ü. M. und das Parpaner Rothorn mit 2899 m ü. M. haben – wohl durch Erosion über mehrere tausend Jahre – die Meter an Höhe verloren, die sie heute noch zu einem stolzen Dreitausender machen würden.

Auf der Präzer Höhe wurde jeden Sommer an einem Sonntag eine Bergpredigt gehalten. Da sassen dann viele Leute, Bekannte und Feriengäste um das hölzerne Kreuz herum. Der Pfarrer mit der Bibel in der Hand stand etwas weiter unten am Hang. Wir sassen mit den Eltern zusammen im Gras und mussten natürlich *gschickt* sein. Vor allem solange gepredigt, gebetet und gesungen wurde.

Manchmal liefen wir Buben auch allein auf die Präzer Höhe mit der Absicht, auf der ins Safiental abfallenden steilen Rückseite das seltene Edelweiss zu finden. Ab und zu kletterten wir so weit in die Felsen hinein, dass wir nur mit Mühe und Glück wieder zurückfanden. Doch es lohnte sich. Fast immer kamen wir mit einem Strauss dieser begehrten Blumen zurück nach Prau Pigniel.

Wenn unsere Eltern allerdings gewusst hätten, in welche Gefahr wir uns beim Pflücken manchmal begaben, hätten sie es uns wahrscheinlich verboten.

SPIELE UND FEINDE

Die Hütte von Prau Pigniel steht auf einem kleinen Hügel, eingerahmt von der Strasse, die zur Sarneralp hinauf führt. Etwa zehn Meter neben der Strasse fliesst ein kleiner Bach durch die Wiesen. Einmal bastelten wir aus Holzscheiten ein Wasserrad. Es dauerte ziemlich lange, bis das funktionierte. Als wir das Rad im Bach montierten und es tatsächlich vom Wasser angetrieben wurde, war das ein wunderschönes Erlebnis.

Um den Bach herum gab es eine Vertiefung von etwa eineinhalb Metern, geformt wie eine runde Wanne. Ideal für einen kleinen Stausee. Wir schlugen links und rechts Pfähle in den Boden, schichteten gegen den Wasserfluss ein paar Bretter übereinander und dichteten mit *Wasmen* die undichten Stellen ab.

Als unser Stausee fertig war, zogen wir uns bis auf die Unterhosen aus, setzten uns ins kalte Wasser und machten mit den Armen Schwimmbewegungen. Doch leider war unser See viel zu klein und zu wenig tief, um schwimmen zu lernen.

Besonders viel Zeit verbrachten wir am Seeli. Da gab es die schwarzen Salamander mit dem orangenen Bauch, die sich im grünen Moos unter Wasser versteckten. Spinnen liefen mit ihren langen Beinen übers Wasser, und Libellen surrten wie kleine Helikopter über das Biotop, blieben in der Luft stehen und änderten blitzschnell die Richtung. So, als ob für sie das Gesetz der Schwerkraft nicht gelten würde.

Im Frühling war das Biotop mit Froschlaich bedeckt. Nach einiger Zeit tummelte sich dann ein ganzer Schwarm von *Rossnägeln* (Kaulquappen) im Wasser. Zuerst bestanden sie nur aus Kopf und Schwanz, nach einiger Zeit kamen die Hinterbeine dazu, der Schwanz fiel weg, und ein winziger Frosch mit allem, was dazugehörte, war entstanden.

Die Libellen empfanden wir als Feinde, weil man uns gesagt hatte, dass sie stechen würden. Dass das eine Fehlinformation war, wussten wir damals leider nicht. Sonst hätten wir sie nicht eingefangen und mit dem Hammer ihren Stachel zerschmettert.

Es gab aber auch echte fliegende Feinde: *Brämen*. Die stachen uns beim Heuen jeden Tag in Beine, Arme und manchmal sogar ins Gesicht. Und die hassten wir wirklich! Bei schwülem Wetter war es fast nicht möglich zu arbeiten. Wir schlugen die Viecher zwar immer wieder tot, doch sie waren so versessen auf unser Blut, dass sie das nicht im Geringsten zu beeindrucken schien.

Als wir noch mit dem Ross das Heu einbrachten, gab es sogar die grossen Rossbrämen. Die waren wirklich riesig, etwa drei oder viermal so gross wie die gewöhnlichen.

Unser Ross Fanny steht, umschwärmt von Brämen und die Augen voller Fliegen, angeschirrt an den Heuwagen in der Wiese unter dem Stall von Prau Pigniel. Es wehrt sich tapfer gegen die Plagegeister, schüttelt den Kopf, zuckt mit den Ohren und schlägt immer wieder mit dem Schwanz zu. Eine riesige Rossbräme brummt heran, landet auf dem glänzenden Fell und saugt sich fest. Das macht mich wütend, ich möchte Fanny helfen. Doch ich bin noch zu klein, um etwas gegen dieses Monster zu unternehmen.

Viele Jahre später, als das Ross von Öhi Balza schon lange nicht mehr auf dieser Welt weilte, begannen meine Brüder und ich einen Rachefeldzug. Wir liessen die Feinde auf unseren Armen landen, hielten sie mit Daumen und Zeigefinger fest, nahmen einen langen Grashalm, stiessen den in ihren Hinterkörper und warfen die Brämen mit dem Halm zusammen in die Luft.

Mit Genugtuung sahen wir dann zu, wie sie im Tiefflug schwankend dahin flogen und irgendwann ins Gras fielen.

Das war unsere späte Rache für die unzähligen Stiche und Qualen, die diese Blutsauger uns und dem Fanny von Öhi Balza zugefügt hatten.

Schnee

Eines Tages begann es auf Prau Pigniel zu regnen. Es regnete ... und regnete immer weiter. Wir mussten in der Hütte bleiben und warten. Mir war das recht. Endlich nicht vom frühen Morgen bis zum späten Abend heuen.

Dann geschah etwas, das noch nie passiert war. Das Jahr ist mir entfallen, doch den Tag habe ich nicht vergessen. Es war der achtzehnte August. Ich wachte mitten in der Nacht auf: Kein Trommeln auf dem Blechdach, kein Rauschen, kein Plätschern vom Dach*kännel* vor dem Stall. Ich drehte mich auf die andere Seite und schlief wieder ein.

Am anderen Morgen weckten uns die Eltern und sagten, es habe geschneit. Aufgeregt liefen wir ins Freie und staunten. Fast ein halber Meter Schnee bedeckte unsere Wiesen. An Heuen war nicht mehr zu denken. Nach dem Zmorga, bei dem der Rückzug ins Dorf besprochen wurde, traten wir vor die Hütte. Die Wolken hatten sich verzogen, die Sonne schien. Weit oben sahen wir einen Mann auf Skis über den Schnee fahren. – Winter mitten im Sommer! Es war einfach verrückt.

MISTEN

Wenn dann nach harter Arbeit mit viel Schweiss und Wetterglück alle Wiesen wie frisch geschorene Schafe aussahen, nahte der krönende Abschluss: Misten! Die bleichen Wiesen schienen geradezu auf diesen Dünger, der sich vor dem Stall während dem Ausfüttern im Winter aufgehäuft hatte, zu warten.

Als wir noch keinen Rapid hatten, zog Fanny den gefüllten Mistwagen. Eine Person hielt das Ross am Zaum und führte es langsam über die Wiese, sodass alle paar Meter ein Haufen Mist abgeladen werden konnte. Die Frauen hatten die Aufgabe, den Mist zu verteilen, was eine strenge Arbeit war und viel Kraft erforderte.

Bäsi Anna steht mit einer Mistgabel vor einem dieser grossen braunen Haufen und hackt kräftig darauf ein. Sie zerkleinert den Mist, damit sie ihn über die Wiese schleudern kann. Das tut sie kurz darauf mit einem gekonnten, kräftigen Rundumschwung. Der Mist fliegt weit über die helle Wiese und dunkelt sie zu. Danach reibt die Bäsi mit der Gabel den Mist in der Wiese ein. Immer hin und her und her und hin, bis alles so ist, wie sie es haben will.

Eines Tages nahm Papa uns Buben mit zu einem befreundeten Bauern, der sein Maiensäss in der Nähe bewirtschaftete und den gleichen Rapid besass wie wir. Er hatte eine Vorrichtung gekauft, die man vorne am Einachser montieren und damit den Mist verteilen konnte. Dazu mussten aber zuerst lauter kleine Misthaufen auf der Wiese platziert werden, in Abständen von etwa je zwei Metern. Danach konnte man mit dieser Vorrichtung über die Häufchen fahren, und der Mist wurde auf beide Seiten verteilt. Der Bauer überliess Papa die Maschine für einen ersten Probelauf.

Nachdem wir zu dritt den Wagen mit Mist beladen hatten, fuhr Papa ihn auf die Wiese. Dort musste mein älterer Bruder ans Steuer oder, besser gesagt, an die Holmen. Papa stieg auf den Wagen und warf während der Fahrt die Misthaufen auf die Wiese.

Doch es war nicht so einfach, wie er gedacht hatte. Mein Bruder hatte ein Problem. Mit dem Rapid im ersten Gang fahren, anhalten, fahren, anhalten ... war ungewohnt für ihn. Die Kupplung war an einem der Holmen angebracht, wie bei einem Velo. Für eine Kinderhand etwas zu weit gespreizt und auch schwer zu halten. Deshalb gab es ab und zu einen Ruck, der Papa auf dem Wagen aus dem Gleichgewicht brachte. Wenn er dann fast vom Wagen fiel, wurde er wütend und begann zu *stalliara*.

Doch mit der Zeit pendelte sich das ein. Nach mehreren Tagen Häufchen verteilen, sah ganz Prau Pigniel aus wie ein Sternenhimmel. Mit dem Unterschied, dass unsere Sterne nicht gelb sondern braun leuchteten.

Danach musste nur noch Papa arbeiten. Stundenlang fuhr er mit dem Rapid über die Misthäufchen, hin und her und her und hin.

Die Vorrichtung funktionierte und war wirklich ein Fortschritt gegenüber der Arbeit von Hand. Ganz ohne unsere Hilfe ging es dann aber doch nicht. Papa verlangte, dass wir ihm nachlaufen und Stellen, die nicht schön verteilt waren, mit der Mistgabel noch von Hand einreiben sollten.

Als dann endlich die *Mistlegi* leer und auch die letzten Häufchen auf Prau Pigniel verteilt waren, wurde es Zeit, die *Robi* zu packen.

Ds Hüsli

Im Dorf wartete einmal im Jahr noch eine andere *Mistete* auf Papa. Wenn wir unser «Geschäft» zu Hause erledigen mussten, liefen wir die Treppe hinauf in den oberen Stock zum *Hüsli*. Dieses Plumpsklo, parallel zur Strasse ans Haus angebaut mit einer Fallhöhe von etwa vier Metern endete in der Nähe des Küchenfensters der unteren Wohnung von Bäsi Anna, Öhi Balza und Nana.

Nach dem *Weglupfen* des runden Holzdeckels konnte man sich setzen und der Natur ihren Lauf lassen. Man liess sich Zeit und las etwas im «Freien Rätier», bevor er für anderes gebraucht wurde. Ab und zu hörte man die Nachbarn auf der Strasse oder das Geräusch von einem vorbeifahrenden Landwirtschaftsfahrzeug.

In der kalten Jahreszeit hingegen, besonders im Winter bei Minustemperaturen, verzichtete man gerne auf einen längeren gemütlichen Hock. Ausser Küche und Stube war nämlich im Haus kein Raum geheizt und das *Hüsli* schon gar nicht.

Wenn das Plumpsgeräusch in immer kürzeren Abständen auftrat und unsere Abfälle immer näher nach oben kamen, fuhr Papa den Rapid auf die Strasse neben das Haus, entfernte den Holzdeckel neben dem Küchenfenster, warf unseren Dünger über die Strassenmauer auf die *Mischtbeni*, fuhr damit auf eine Wiese und entsorgte das Ganze. Das musste er mehrmals tun, weil so ein volles *Hüsli* eine ganze Menge Naturdünger fasste.

Der spezielle Geruch verbreitete sich natürlich im ganzen Dorf, und jeder wusste, mit was für einer Arbeit Papa wieder einmal beschäftigt war.

PRANZOLAS

Hüten auf Pranzolas

Wenn das Vieh in der Alp war, wurden wir drei Buben auf dem Feld gebraucht. Früh aufstehen, strütschen, zetten, wellnen, Heu zusammenstossen ... Mit Rechen und Schlepprechen die Wiese sauber machen, auf dem Rapid-Anhänger das Heu stampfen. Zum Stall ins Dorf mitfahren – manchmal hoch oben auf dem Fuder, was ein grosses Vergnügen war – und dort mit Papa zusammen das Heu abladen, auf dem Heustock verteilen und stampfen.

Das waren sehr lange Tage. In meiner Erinnerung dauerten die Sommerferien denn auch endlos lange. Sie waren sehr anstrengend, aber auch schön, eine ganz andere Welt als die Schule.

Im Herbst, wenn das Vieh wieder aus der Alp kam, brauchte man zwei von uns Buben als Hirten auf *Pranzolas*. Das erste Team bestand aus Christian und mir, das zweite – weil Christian mit dreizehn in die Sekundarschule kam, die ein paar Wochen früher anfing als die Primarschule – aus Albert und mir. Als dann auch ich in der Sekundarschule war, musste der zwölfjährige Albert mit dem Vieh auf *Pranzolas* alleine zurechtkommen.

Pranzolas war – und ist noch – ein kleines Maiensässdörfchen auf ca. 1300 m ü.M. Damals von vier Bauern bewirtschaftet, mit je einem Stall und einer dazu gehörenden Hütte. Die Hütte zu unserem Stall liess Papa, weil sie fast ganz zusammengefallen war, schon früh abbrechen. Das Holz verkaufte er an Lehrer Willy Nicca, der etwas weiter weg eine schöne neue Hütte baute.

Pranzolas liegt in einer kleinen Senke, inmitten steiler Wiesen und unserer Hüte-Weide. Das Weideland beginnt unterhalb vom Maiensässdorf und dehnt sich nach Norden bis zum Tannenwald unterhalb vom *Crest dil Cot** aus. Nach unten, zum Dorf hin, stehen bis nah an die Wiesen der Präzer Bauern einzelne knorrige Lärchen und grüne Büsche, Erlen und verschiedene Staudenarten.

Der Stall von *Pranzolas* befindet sich am Hang der Senke, heute gerade unterhalb der neuen Strasse.

Im Vordergrund der Stall von Pranzolas, umgeben vom Maiensässdorf mit Blick ins innere Domleschg und Albulatal mit dem markanten, die Schienschlucht überragenden Piz Mitgel als Blickfang.

Damals gab es die Strasse allerdings noch nicht. Die einzige Verbindung führte – steil und staubig – durch den Lärchenwald bei *Runcalida* und von dort in engen Kurven hinauf zum Maiensässdorf.

Während unserer Hütezeit auf *Pranzolas* schliefen wir im Stall bei den Tieren. Meine Brüder jeweils in der Holzpritsche an der Wand, ich im Barmen daneben. Stroh diente uns als Matratze, eine Blache als Leintuch. Dazu eine Decke und ein Kissen. Fertig war unser Lager.

---

* Crest dil Cut oder Crest dil Cot (rätoromanisch Crest = Anhöhe, Kamm, Cut = Hahn) ist ein Berg westlich gegenüber Rothenbrunnen mit einer Höhe von 2015 m ü. M. Er gehört zum Heinzenberggrat. Von der Heinzenbergseite zeigt er sich unscheinbar als Grashügel, auf der Safientalseite ist er felsig und steil.

Wir waren zwischen zehn und zwölf Jahre alt, hatten die volle Verantwortung für das Vieh und waren völlig auf uns allein gestellt. Erst wenn wir nach ein paar Tagen ins Dorf mussten, weil wir Proviant brauchten, erfuhren unsere Eltern, ob auf *Pranzolas* alles in Ordnung war.

Am Abend, auf der Weide, wenn die Sonne langsam unterging und der Schatten auf den gegenüberliegenden Bergen über dem Domleschg eine bestimmte Höhe erreichte, wussten wir, dass es Zeit für den Heimweg war. Wir suchten unsere Tiere, trennten sie von denen der anderen Hirten und trieben sie mit lauten Ho-ho-Rufen nach Westen, an der Kälberhütte vorbei, bis wir auf den Weideweg nach *Pranzolas* gelangten.

Die Kälberhütte bestand nur noch aus überwachsenen Resten einer quadratischen Mauer aus grossen Steinen. Für mich hatte sie jedoch etwas Geheimnisvolles, weil ich mich immer fragte, wie sie einst wohl ausgesehen haben mochte und für was sie gebraucht worden war. Dem Namen nach am ehesten für die jüngsten Tiere, die Kälber. Vielleicht wurden sie dort eingestallt, wenn das Wetter schlecht war.

Weiter unten führte eine enge, steile Gasse von Runcalida durch den Wald hinauf auf die Weide, die *Gaisstraia (Traia = schmale, gewundene Gasse)*. Dieser Name ist wohl ein Hinweis darauf, dass man vor vielen Jahren – anstelle der Schafe – Geissen hielt, die vom Dorf durch die *Gaisstraia* hinauf auf die Weide getrieben wurden.

Gleich neben der Kälberhütte stand ein kleiner Holzbrunnen, aus dessen rostigem Metallrohr etwas Wasser plätscherte. Gerade genug, dass die Galti auf dem Weg in den Stall noch ihren Durst stillen konnten.

Das Ende eines langen Hirtentages erlebte ich meist mit grossem Frieden im Herzen. Ich genoss das Gebimmel der Schellen, den Geruch der Weide, der Tiere, die satt und zufrieden mir voraus zum Stall liefen.

In *Pranzolas* angekommen trieben wir das Vieh vom Alpweg den kurzen, steilen Pfad – morastig, falls es geregnet hatte – hinauf zum Stall. Ein Zaun auf beiden Seiten führte die Tiere vor den Eingang.

Dann kam der schwierigste Teil. Jedes Tier hatte seinen festen Platz im Stall, seine *Brügi*. Einer von uns musste bereit stehen, die Tiere in Empfang nehmen, auf ihren Platz führen und dort anketten. Immer zwei nebeneinander. Wichtig war, dass man ruhig blieb. Wenn die Tiere nervös wurden, weil zu fest gerufen oder mit dem Stock gefuchtelt wurde, war *dar Mischt gfüart*, wie wir sagten. Dann drängten alle miteinander in den Stall, und der Einweiser schaffte es nicht, sie auf ihrem Platz anzuketten.

Wenn alle Viecher auf ihrer *Brügi standen*, mussten sie aufgeschwänzt werden. Für jedes Galti baumelte von einem Balken an der Decke eine Schnur herab, mit der wir die Schwanzhaare kunstvoll so verknüpften, dass sie beim Liegen in der Nacht nicht den Mist berührten.

Um das Vieh zu säubern, benutzten wir den Striegel und eine kräftige Bürste. Den metallenen Teil mit den gezackten Lamellen strich man kräftig über das verschmutzte Fell und doppelte dann mit der Bürste nach. Striegeln, bürsten, striegeln, bürsten, striegeln ... Papa verlangte, dass wir das jeden Abend machen mussten, weil die Tiere auch auf der Weide *a Falla* machen sollten.

Danach war Zeit für das Nachtessen. Wir klappten die einbeinige Holzbank bei der *Traufla* nach unten, setzten uns und holten aus unserem Rucksack hervor, was zum Essen vorgesehen war: Brot, Käse, Cervelats und zum Trinken eine Flasche Tee.

Als ich mit meinem jüngeren Bruder hütete, hatten wir eine Mese, die ein ziemlich aussergwöhnliches Verhalten an den Tag legte. Michali, wie wir sie nannten, stand nur durch eine Holzwand getrennt gerade neben dem *Barmen*, in dem ich schlief.

Eines Abends während dem *Znacht* hielt ich Michali zum Spass meine Teeflasche vor die Nase. Die Mese machte Augen wie Pflugräder, schnappte gierig zu und soff, bevor ich reagieren konnte, die ganze Fasche leer.

Wir fanden Michalis Verhalten ungeheuer lustig, krümmten uns vor Lachen und wiederholten am nächsten Abend das Experiment. Mit dem gleichen Ergebnis.

Auf der Weide assen wir meist nur Ton oder Sardinen aus der Büchse sowie Brot. Für den Durst gab es ausser Tee manchmal *Ticki*-Tabletten, die wir in Wasser auflösen konnten.

Nach der Güterzusammenlegung wurde *Pranzolas* zu einem Mini-Maiensäss. Nur der Stall mit etwas Land rundherum blieb übrig. Auf der Seite gegen Westen etwa drei Meter, auf der Ostseite etwa drei Meter. Nach oben reicht die Wiese wenigstens bis zur neuen Strasse, so dass man von dort her Zugang hätte, falls es einmal möglich wäre, den Stall aus- oder umzubauen. Immerhin befindet sich auf diesem kleinen Stück Land die Fassung einer Quelle, von deren Wasser mehrere Pranzoler profitieren.

Etwa einmal im Jahr besuche ich meinem kleinen Besitz. Der Stall ist rundum von hohen Nesseln überwachsen, ausser im Frühling nach der Schneeschmelze. Dann liegen die Nesseln vom Vorjahr ausgedörrt am Boden. Sie jedes Jahr zu mähen, habe ich aufgegeben, weil ich nicht weiss, wo ich das grobe, stachelige Gewächs entsorgen soll.

Im Sommer und Herbst sind lange Hosen und gute Schuhe nötig, wenn ich unbehelligt zur Stalltüre gelangen will. Ich rolle den grossen Stein weg, öffne die beiden oberen Türflügel, dann die Stalltüre. Auf der *Brügi* neben dem Eingang steht immer noch die grosse Holzkarette, mit der ich als Bub über ein schmales Brett den Mist unserer Galti aus dem Stall auf den Miststock karrte. Ich kann mich erinnern, dass diese Holzkonstruktion voll beladen unheimlich schwer war. Das Ausmisten jeden Morgen war ein Krampf. Wir müssen damals sehr zähe Buben gewesen sein.

Weil die Türe zum Heuboden keinen Schlüssel mehr hat, muss ich durch den Viehstall. Über die einbeinige Bank steige ich auf die Leiter in der *Traufla* und zwänge mich durch eine enge Öffnung hinauf.

An einer Wand steht noch das *Schrotisa*. Damit schnitten wir das Heu, warfen es in die *Traufla* hinunter und verteilten es in die Barmen der Galti. In einer Ecke liegt sogar noch etwas Heu. Ganz vorne eine kleine Holzbank an der Wand. Dort sitze ich dann und schaue durch die breiten Spalten der Holztramen ins Tal hinunter.

HEUEN IN DER RADÖNKA

Als ich ein Bub war, war *Pranzolas* noch ein richtiges Maiensäss. Mit Land rundum, einer grösseren Fläche *Feisti* und einem sehr steilen Teil *Mägari*. Ich kann mich erinnern, dass wir noch mit Öhi Balza zusammen die *Feisti* von Hand mähten, strütschten, wellneten und, wenn das Heu trocken war, in Heublachen verpackten. Die Blachen wurden von der Wiese auf den Schultern von Papa und Öhi Balza bis zum *Horaschlitta* getragen und die Wiese *durab* zum Stall transportiert.

Mit zwei bis drei Blachen auf dem Gefährt musste Papa, der vorne zwischen den Holmen stand, oft alle Kraft aufwenden, um nicht von ihm überrollt zu werden. Bei der Doppeltüre vor dem Stall wurden die Blachen geöffnet und das Heu mit der Gabel auf den Heuboden geworfen. Dann mussten wir Buben hinauf und das Heu verteilen und stampfen. Je höher der Stock wurde, desto tiefer mussten wir uns bücken, weil die Dachbalken immer näher kamen und wir uns ab und zu die Köpfe daran stiessen.

Eine besondere Herausforderung war die Magerwiese *Radönka*, die wir vom Sarner Maiensäss Prau Pigniel aus bewirtschafteten. Um vier Uhr in der Nacht wurden wir geweckt, und nach dem Morgenessen brachen wir auf. Papa, ich und meine Brüder trugen jeder seine *Sägasa* (Sense), um die Hüfte das Fass mit dem Wetzstein, dazu Rechen und Heugabeln. Ein paar Heutücher banden wir Barri auf den Rücken. Er trug dieses Gepäck nicht besonders gerne, fand sich aber mit einem unterwürfigen Hundelächeln damit ab. Mama trug den schweren Korb mit dem Essen. Znüni, Zmittag und Zvieri in einem, denn wir verbrachten den ganzen Tag in der steilen Wiese.

Bis wir in der *Radönka* ankamen, war es taghell. Die Sonne brannte heiss an den steilen Hang. Wir kletterten hinunter zum Anfang der Wiese, wetzten unsere Sensen und fingen an zu mähen. Papa zuvorderst, dann mein älterer Bruder, dann ich. Wenn Papa mit seiner Mahd fertig war, übernahm er die von Christian, der die von mir, und ich fing hinten neu an. Jeder, der schon einmal von Hand gemäht hat, weiss, dass die Sense besser *haut*, wenn das Gras noch etwas feucht ist. Je heisser die Sonne brannte, desto trockener wurde es, und umso öfter mussten wir wetzen. Der Hang war so steil wie bei einer Wild-Heuete, der Unterschied war nur, dass kein Absturz über einen Felsen drohte.

Eines Tages während des Mähens rief Papa plötzlich «Achtung, as Wäschpinäscht!!!» Wir zogen uns ein paar Meter zurück und sahen, wie Wespen um ihn herumschwirrten. Bodenwespen, das heisst, diese Wespen hatten ihr Nest in ein Loch im Boden gebaut, über das Papa hinweggemäht hatte. Papa wartete eine Weile, wetzte die Sense und mähte dann unbeeindruckt weiter. Nach einer Weile beruhigten sich die Wespen, und wir trauten uns wieder an die Arbeit.

Wenn Papa im *Bongart* im *Bienahus* seine Bienen betreute, machte er zuerst Rauch, um die Tiere zu beruhigen. Unter dem Hut trug er ein Netz, das Gesicht und Hals bedeckte. Die Arme jedoch liess er ungeschützt. Die Hemdsärmel aufgerollt bis zu den Ellenbogen, kümmerte er sich nicht darum, wenn er trotz der Rauchwolken von den Bienen gestochen wurde.

Lachend zeigte er uns jeweils die Stiche die, als kleine weisse Hügel auf seinen muskulösen, braunen Unterarmen zu sehen waren.

Auf gleiche Weise demonstrierte er uns ab und zu Mut und Stärke, indem er den elektrischen Zaun anfasste und zusah, wie seine Hand dabei zuckte. Wenn er unsere Reaktion sah, lachte er spöttisch. Er fand es lustig, dass wir Angst vor dem Strom hatten.

In der Mittagspause suchten wir uns am Rande der *Radönka* unter einer Tanne einen schattigen Platz. Wir setzten uns, so gut das in dieser Schräglage ging, und Mama öffnete den Korb mit dem Essen. Vielleicht gab es Älplermakaronen, genau weiss ich das nicht mehr. Pizza konnten wir keine bestellen, weil das Handy noch nicht erfunden und Pizza noch unbekannt war ;-)

Nach dem Mittagessen legten sich die Eltern ins Gras und machten im Schatten einer Tanne ein Nickerchen. Papa auf dem Rücken, mit dem Strohhut über dem Gesicht, Mama in Seitenlage.

Wir Buben hingegen liessen uns etwas Besonderes einfallen. Jeder von uns nahm eine Heu*blacha* und stampfte die zwei Holzspitzen auf einer Seite bis zum Anschlag in den Hang der *Radönka*. Das Tuch wurde nach oben gefaltet und mit dem Seil auf jeder Seite fest gemacht. Dann krochen wir von der Seite her in unsere Hängematte. Das war dann ein wunderbar geborgiges Gefühl, so gesichert am steilen Hang zu liegen.

Am späten Abend nach einem langen, heissen Tag in der *Radönka* marschierten wir wieder zurück nach Prau Pigniel.

Dort angekommen machte Mama im Schein der Karbidlampe das *Znacht*. Nach dem Essen sassen wir in der Abenddämmerung noch eine Weile auf dem Holzbänkli vor der Hütte, ruhten aus und schauten ins Tal.

Rundherum Ruhe und Frieden. Ich war zwar todmüde, aber glücklich. Die Eltern besprachen den vergangen Tag und die Aufgaben des kommenden Tages. Vom Tal herauf klangen leise die Geräusche einer anderen Welt.

Wenn es dann ganz dunkel geworden war, begaben wir uns in den Stall. Papa hing die Karbidlampe an einen Balken, und wir krochen unter unsere Decken auf dem Strohlager.

Die Kühe lagen schon und käuten wieder. Ab und zu rasselte eine Kette durch den Barmen, wenn sich ein Tier bewegte. Es waren die schönsten Geräusche, die ich mir vorstellen konnte. Und bevor Papa die Lampe heruntergeschraubt hatte, war ich schon eingeschlafen.

Der zweite Tag in der *Radönka* war fast noch anstrengender als der erste. Nach dem gleichen langen Marsch am frühen Morgen musste die gedörrte *Mägari* zusammengetragen und in Blachen gestopft werden. Und natürlich musste die Radönka sauber zurückgelassen werden. In diesem steilen Hang ein richtiger Krampf.

Wenn die Tücher gefüllt und gebunden waren, trug Papa sie auf den Schultern aus der steilen Wiese bis auf die weniger steile *Feisti* und von dort zum Stall.

Als mein älterer Bruder etwa fünfzehn war, fand Papa, er sei kräftig genug, um ihm beim Tragen zu helfen. Er lud ihm eine *Heublacha* auf den Rücken und befahl ihm, sie zum Stall zu tragen. Doch Christian war in der Pubertät und schon sehr *ufsässig*. Er machte nur ein paar Schritte, dann warf er die Last auf den Boden. Papa versuchte es mit Strenge, doch auch das fruchtete nichts. Das junge Rösslein war nicht mehr gewillt, jeden Krampf mitzumachen.

Mein Vater war ratlos. Und nicht darauf vorbereitet, dass ihm jemand von uns nicht gehorchte. Ich hätte mich noch nicht getraut. Doch mein Bruder zog es durch. Papa musste klein beigeben und das Heu alleine zum Stall tragen.

Sein ältester Sohn zwang ihn, von da an anders mit ihm umzugehen. Auch ein *Klapf um d Ohra* war in diesem Alter nicht mehr zielführend, das sah Papa ein.

Es stellte sich dann, entgegen den Plänen von Papa, bald heraus, dass Christian nicht Bauer werden wollte. Er hatte einen Traum, den er unbedingt verwirklichen wollte, gegen alle Widerstände der Eltern. Er wollte mit Pferden arbeiten und Bereiter werden.

Den Hof übernahm ein paar Jahre später mein jüngerer Bruder Albert. Er war, im Gegensatz zu mir, kein Träumer. Wenn Christian und ich unsere Karl May-Bücher lasen, in unserer Phantasie durch die Prärie ritten und dort fiktive Abenteuer bestanden, erlebte Albert seine Abenteuer in der Realität, draussen, bei Wind und Wetter.

Ich kann mich nicht erinnern, ihn je in ein Buch vertieft gesehen zu haben.

SPIELE

DIE BAUMHÜTTE

Die Weide um *Danlarasch* wurde von uns nicht nur zum Viehhüten benutzt. Sie war auch unser Hauptspielfeld ausserhalb des Dorfes.

Eines Tages beschlossen mein älterer Bruder Christian und Mario aus Präz, in *Danlarasch* eine Baumhütte zu bauen. Mario war etwas älter als mein Bruder und ein begabter Praktiker. Alles, was andere in der Schule konnten, hatte er in den Händen.

Für ihr Projekt wählten die Beiden eine besonders grosse Tanne aus. Sie stand auf der Weide an einem Steilhang, nur etwa zwanzig Meter oberhalb dem Weg mit der Lärche, an der Luzi die junge Krähe vor unseren Augen getötet hatte.

Die Tanne war über zwanzig Meter hoch; ihr Wipfel hatte sich in drei starke Äste verzweigt. Die untersten Äste hingen fast bis auf den Boden, so dass man leicht hinauf klettern konnte. Ideale Voraussetzungen für das Projekt Baumhütte.

Für den Bau brauchte man natürlich geeignetes Material. Werkzeuge, Nägel, Schrauben und Holzlatten waren schnell beschafft.

Stabile Bretter für den Boden, die Wände und das Dach zu finden, war etwas schwieriger. Doch dann fand man sie ganz in der Nähe. Sie bildeten den Zaun, der Luzi Sommeraus Wiese von der Weide von *Danlarasch* trennte.

Von diesem Zaun verschwand dann ab und zu ein Brett. Einmal da, einmal dort, einmal in der Zaunmitte, meist aber in Bodennähe, wo es nicht so leicht auffiel, wenn eines fehlte. So zwanzig, dreissig Bretter oder mehr verschwanden in dieser Zeit aus dem Zaun zu Luzis Wiese. Die Diebe benutzten für ihr Vorhaben vorsichtshalber die Dämmerung, wenn Luzi noch im Stall die Kühe versorgte oder schon beim wohlverdienten Znacht am Küchentisch sass.

Danach wurde auf der Baustelle gearbeitet. Wochenlang kletterten man auf der Tanne herum. Hinauf, hinunter und wieder hinauf. Es wurde gesägt, gehämmert und genagelt. Um die Bretter auf den Baum zu transportieren richtete man eine Seilbahn ein, die von der Baustelle hoch oben im Baumwipfel in einem etwa dreissig Grad

Winkel nach unten an den Steilhang auf der gegenüberliegenden Weide führte. Eine Kiste diente als Behälter, mit dem das Material an einem Zusatzseil auf die Tanne gezogen wurde. Als Landeplatz für die Seilbahn benutzten die Beiden jene Stelle am Hang, die ich, Albert und Ernest mit der Absicht, unsere eigene Hütte zu bauen, dort gegraben hatten. Leider blieb es beim Aushub. Keiner von uns verfügte über genug praktisches Talent.

Als Luzi irgendwann begann, Kontrollgänge zu machen, weil in seinem Zaun immer mehr Bretter fehlten, reagierte man mit der Einführung eines Geheimcodes. Wurde Luzi gesichtet ertönte der Ruf «uaremmos tmmok!» Rückwärts buchstabiert: «Sommerau kommt!»

Als die Baumhütte fertig war, durfte auch ich hinauf. Vorsichtig kletterte ich dann eines Tages von Ast zu Ast. Immer höher und höher, bis ich den Boden der Hütte sah. Um zum Eingang zu gelangen, musste man unter den drei dicken Ästen, auf denen die Hütte ruhte, hindurchklettern. Das bedeutete, dass man eine überhängende Stelle überwinden musste. Das brachte mich ins Schwitzen. Doch ich überwand meine Angst und gelangte glücklich, auf allen Vieren kriechend, in die Hütte.

Als ich dort aufstand, war ich überwältigt, wie gut der Bau gelungen war. Einmal drinnen, fühlte ich mich sicher. Die Wände rundum aus stabilen Brettern, die Spalten dazwischen mit Moos abgedichtet. Das Dach, leicht schräg, ähnlich dem von ds Professors. Auf einer Seite hatte man ein kleines Fenster in die Wand gesägt, aus dem man ins Tal hinunter blicken konnte. An einer Wand stand ein kleiner Holztisch mit zwei Stühlen. Alles selbst gezimmert. Dort wurde gegessen und ab und zu Mühle gespielt.

Doch für drei Personen war die Hütte etwas eng. Nach einer Weile kam ein Wind auf, alles begann zu schwanken. Ich fühlte eine Schwäche im Bauch, sagte «tschau» und trat den Rückzug an. Mit den Beinen voran schob ich mich aus der Hütte, ertastete mit den Füssen den Ast unter dem Eingang, hangelte mich unter ihm durch auf den nächst tieferen Ast und kletterte von dort, so schnell ich konnte, weiter nach unten. Wieder auf dem sicheren Waldboden angekommen, ging es mir bald besser. Trotzdem beschloss ich, diesen Besuch nicht so bald zu wiederholen. In bezug auf Mut und Verwegenheit konnte ich mich nicht mit meinem Bruder messen.

Etwas später errichteten Christian und Mario in einer Ecke ihrer Baumhütte mit ein paar grossen Steinen eine Feuerstelle. Feuer in einer kleinen Hütte aus Holz, auf einer Wind und Wetter ausgesetzten Tanne in über zwanzig Metern Höhe?

Konnte das gut gehen?

Eines Abends, als es schon dunkel war, rief plötzlich jemand auf der Haustüre, dass es in *Danlarasch* brenne. Christian sprang sofort aus dem Haus und rannte davon, in die Dunkelheit und den Weg hinaus nach *Danlarasch*.

Ich folgte mit meinen Eltern und anderen Dalinern. Bei *Sontg Onna* blieben wir stehen und sahen, wo es brannte. Wie sich später herausstellte, hatte die Baumhütte Feuer gefangen, weil der Wind noch Glutreste in der Feuerstelle gefunden hatte.

Andere Daliner rannten meinem Bruder nach. Später erzählten sie, dass er, als sie ankamen, schon auf die Tanne und zur brennenden Hütte hinauf geklettert war. Es gelang ihm, in die Hütte zu gelangen und den Brand zu löschen, indem er Teile der brennenden Bretter nach unten warf und so dem Feuer die Nahrung entzog. Als er mit den anderen Helfern wieder bei *Sontg Onna* auftauchte, waren wir alle heilfroh, dass ihm nichts passiert war.

Die Baumhütte wurde leider später von Buben einer Zürcher Ferienkolonie in Präz besucht und beschädigt. Als Antwort auf dieses Vandalentum sägte man auf mehreren Metern die untersten Äste der Tanne ab. So wurde der Aufstieg viel schwieriger und war, für mich auf jeden Fall, nicht mehr zu machen. Doch die Zürcher Buben überwanden irgendwann auch diese Hürde und zerstörten die Hütte fast ganz.

Viele Jahre später brach ein Sturm die Tanne entzwei. Der obere Teil fiel auf den Boden. Von der schönen Baumhütte von Mario und Christian blieben nur noch ein paar Bretter übrig, die mit den Jahren auf dem Waldboden vermoderten.

MILITÄRLIS

Ein Sonntag im Sommer. Ich stehe am Küchenfenster. Papa kommt, gut gelaunt und mit grossen Schritten, vom «Grossa Hus» her auf das Haus zu. Er trägt seinen Sonntagsanzug mit dem grauen Fischgrat-Muster, über der rechten Schulter den Karabiner. Auf seiner linken Tschopasita glänzt eine Kranzauszeichnung, wie fast immer, wenn er von einem Schützenfest kommt.

Der 300-Meter-Schiessstand der ehemaligen Gemeinde Präz liegt ziemlich weit unter den Dörfern Dalin und Präz. Auf Höhe der *Baria*, die der Vater von Werni und Jakob Elmer einst gepachtet hatte. Geschossen wurde über ein Tobel zur Wiese bei der Burg Heinzenberg, wo sich an einem Hang der Scheibenstand befand.

An einem Sonntag lief ich mit meinen Brüdern zusammen den Feldweg von Dalin in die *Baria* hinunter zum Schützenhaus. Wir wollten endlich sehen, was dort drin genau ablief. Je näher wir kamen, desto lauter krachte es. Noch vor der Tür erschreckte mich der Schiesslärm so, dass ich am liebsten umgekehrt wäre.

Die Schützen empfingen uns freundlich, ermahnten uns, still zu sein, und schossen weiter. Es herrschte eine fast feierliche Stimmung. Nur das unheimliche Krachen passte nicht dazu.

Männer lagen in separaten Holzboxen auf dem Bauch, den Karabiner im Anschlag, manche mit einer Brille auf der Nase, die ein Auge halbseitig zudeckte. Hinter den Schützen in der Box ein kleiner Klapptisch und ein ebensolcher Stuhl, wo ein Mann sass, der die Ergebnisse auf ein vorgedrucktes Formular schrieb.

Neben jedem Schützen lagen wild verstreut leere Patronenhülsen. Nach jedem Schuss schoben die Männer einen Hebel am Karabiner zurück und wieder nach vorn. Die leere Hülse spickte dabei in hohem Bogen aus dem Lauf und auf den Boden.

Nach dem Schiessen waren die Boxen übersät mit den leeren Patronenhülsen aus Messing. Wir Buben bekamen die Aufgabe, sie zu sammeln und in einen Behälter zu füllen. Bei dieser Gelegenheit liessen wir ab und zu eine Hülse im Hosensack verschwinden. Zu Hause legten wir unsere Beute auf einen Haufen, zählten die Hülsen und versteckten sie, weil wir nicht sicher waren, ob verboten war, was wir gemacht hatten.

Unsere Hauptspielzeuge waren, wie wohl bei allen Buben damals, Pfeil und Bogen. Für den Bogen besorgten wir uns eine kräftige Haselstaude aus *Danlarasch*, sägten sie auf die richtige Grösse und schnitten mit dem Sackmesser an jedem Ende eine Kerbe in den Stecken. Eine Schnur diente als Sehne, und fertig war der Bogen. Das war einfach. Wichtig war, dass der Haselstecken frisch und biegbar war.

Schon schwieriger war es, gute Pfeile herzustellen. Dazu benutzten wir dünne gerade Haselruten, spitzten sie zu und schnitten hinten eine Kerbe für die Sehne hinein. Weil das Flugverhalten aber unbefriedigend war, verbesserten wir unsere Technik.

Wir schnitten Hühnerfedern in etwa fünf Zentimeter lange Stücke, machten einen Längsschnitt durch den Stil und steckten die beiden Teile links und rechts in einen Spalt am Pfeilende. So flogen die Pfeile viel besser, fast schon wie bei den Indianern. Meist hielten sie aber nicht lange, und wir mussten die Federn mit einem feinen Draht oder einem starken Faden umwickeln.

Eines Tages kamen wir auf die Idee, unser Waffenarsenal mit einem *Balester* zu verstärken. *Balester* war für uns das Wort für Armbrust. Zuerst zeichneten wir die ganze Form vom Lauf bis zum Schaft auf ein sehr dickes Brett. Dann sägten wir in stundenlanger Arbeit den Lauf und die Armstütze heraus.

Für den Bogen bohrten wir ganz vorne ein Loch durch den Lauf und zogen eine kräftige Haselrute hindurch. Auf der ganzen Länge schnitzten wir in mühsamer Handarbeit mit dem Stichel eine halbrunde Kerbe ins Holz, wo der Pfeil zu liegen kam. Es gelang uns sogar, einen Abzug zu installieren, in den die Schnur eingehakt werden konnte und beim Abdrücken den Pfeil wegschnellte.

Es dauerte nicht lange, und wir kamen auf die Idee, an Stelle der Pfeile die Patronenhülsen aus dem Schiessstand für unseren Balester zu benutzen. Dazu wurde das Geschütz auf einen grossen Holzklotz montiert, an den wir zwei kleine Räder schraubten.

Deia, der Sohn vom «Alten Deia» bot sich als Hauptmann an. Unter seinem Kommando zogen wir Buben in Einerkolonne mit unserer Kanone durchs Dorf, an *Sontg Onna* vorbei auf die Wiese oberhalb der Strasse nach Präz. Dort gingen wir mit unserer *Balester*-Kanone in Stellung. Als Ziel wählten wir die Isolatoren an den Telefonmasten neben der Strasse.

Nachdem ein Schütze bestimmt war, gab der Kommandant den Befehl «Laden!» und dann «Feuer!»

Die meisten Patronenhülsen trafen das Ziel bei weitem nicht. Sie flogen in hohem Bogen durch die Luft, drehten sich um die eigene Achse und spickten bei der Landung auf der Strasse klirrend noch etwas umher. Doch das entmutigte uns nicht. Wir schossen weiter. Schuss um Schuss. Jeder wollte einmal schiessen. Es dauerte eine ganze Weile, keiner hatte Erfolg.

Doch dann machte es plötzlich «ping!» Eine Patronenhülse hatte einen der weissen Isolatoren getroffen. Das motivierte uns. Als es dann noch einmal «ping!» machte und noch einmal, stellten wir fest, dass zwei Isolatoren nur noch halb so gross waren wie vor der Schiessübung.

Das gab uns zu denken. Bei weiteren Treffern wäre die Telefonleitung vielleicht beschädigt worden. Der Kommandant brach die Übung sofort ab und führte uns zurück ins Dorf. Wir verstauten unsere Kanone und beschlossen, in Zukunft Ziele zu wählen, die nicht Allgemeingut waren.

Mit den Patronenhülsen experimentierten wir aber noch weiter und kamen irgendwann auf die Idee, sie mit grünen Zündholzköpfen zu füllen. Diese waren explosiver als die braunen. Zündhölzer hatten wir wie ein Sackmesser immer dabei, doch die Grünen mussten wir uns von zu Hause erbetteln. Zum Glück wusste Mama nicht, wozu wir so viele brauchten.

Mit diesem «Sprengstoff» füllten wir dann eine Patronenhülse und verschlossen sie, indem wir mit einem Hammer vorsichtig die Öffnung zuklopften. Die Patrone stellten wir auf eine Steinplatte. Kassel, der Älteste von uns, nahm einen grossen Stein, stellte sich breitbeinig über die Hülse und lies das Gewicht genau senkrecht fallen. Es gab einen Knall, so laut wie ein Schuss. Wir erschraken zünftig. Ein Teil der Patrone war, wie ein Geschoss, an uns vorbeigezischt. Die völlig platt gedrückte Hülse war glühend heiss.

Trotz dem ersten grossen Schrecken machten wir aber noch weitere Versuche. Es war einfach zu aufregend. Manchmal traf der Stein die Hülse nicht richtig. Dann fiel sie einfach um und rollte von der Steinplatte, ohne zu explodieren.

Als Mama sich dann weigerte, uns weiter mit Nachschub zu versorgen, mussten wir unser Experiment notgedrungen einstellen.

Piliez

Wenn es langsam Frühling wurde, auf den Wiesen immer mehr apere Stellen zum Vorschein kamen und überall neues Leben entstand – Schneeglöckchen in den Gärten, Blütenknospen an den Bäumen –, dann begaben wir Buben uns in den Holzschopf, suchten ein langes Holzscheit, öffneten unsere Sackmesser und fingen an, einen *Piliez* zu schnitzen.

Ein *Piliez* war ein Pfeil der mit einem kurzen Stecken, an dem eine Schnur angebracht war, senkrecht in den Himmel geschossen wurde. Es war eine Kunst, ihn so zu schnitzen, dass er sauber startete und sehr hoch hinauf flog.

Der Pfeil musste so aus dem Holzscheit herausgearbeitet werden, dass aus dem hinteren Teil eine etwa drei bis vier Zentimeter breite, möglichst flache Stabilisierungsflosse entstand, in die eine dreieckige Kerbe hinein geschnitten wurde. Der Mittelteil musste sich zur Spitze hin verdicken und schön rund sein. Mit der Messerschneide wurde dann die Mitte gesucht und dort eine Kerbe hinein geschnitten, schräg und tief und breit genug, dass die Schnur mit dem Knoten hineinpasste. Die Kerbe durfte nicht zu eng sein, sonst blieb der Pfeil an der Schnur hängen, zu weit aber auch nicht, sonst fiel der Pfeil beim Abschwung zu Boden.

Das Ganze war eine Herausforderung. Wir verbrachten viele Stunden damit, den perfekten *Piliez* zu schnitzen. Zum Schluss wurde jeder Pfeil mit Wasserfarbe angemalt, so dass man wusste, wem er gehörte.

Wenn dann jeder ein paar Pfeile fertig hatte, begaben wir uns auf eine schon apere Wiese – meist auf Prautuasch –, klemmten die Schnur vom Abschussstecken in die *Piliez*kerbe, beugten uns (als Rechtshänder) tief nach links zur Erde und schleuderten den Pfeil mit möglichst viel Schwung in den Himmel hinauf. Ich staunte immer wieder, wie weit die Pfeile hinauf schossen, immer kleiner wurden und oft sogar aus unserem Blickfeld verschwanden.

Manchmal konnten wir ausmachen, wo sie herunterkamen, manchmal aber auch nicht. Dann stapften wir durch die verbliebenen Schneefelder und suchten unsere Pfeile. Oft steckten sie so tief im sulzigen Schnee, dass wir sie nur dank der farbigen Heckflosse finden konnten.

DAS HOLZAUTO

Eines Tages kamen wir auf die Idee, ein Auto aus Holz zu basteln, eines, das so gross war, dass man draufsitzen und damit den Berg hinunter fahren konnte. Dieses Projekt beschäftigte uns dann mehrere Wochen.

In stundenlanger Arbeit sägten wir in unserer Werkstatt die Räder aus einem grossen Brett heraus und bearbeiteten sie mit der Raspel so lange, bis sie ungefähr rund waren. In die Mitte bohrten wir ein Loch für die Achse. Für den Boden nahmen wir ein Brett.

Als Hinterachse wurde eine dicke Holzlatte auf das Brett genagelt und zwei Räder dran geschraubt. Das war soweit einfach.

Das Problem war das *Renken,* das Steuern der Vorderräder. Da mussten wir uns etwas einfallen lassen. Wir bohrten dann in die Mitte von Fahrzeugboden und Vorderachse ein Loch für eine grosse Schraube, die wir oben und unten mit einer Mutter festdrehten. So liess sich die Achse frei bewegen. Allerdings nur, wenn die Schraube gut geschmiert war.

Das Steuerrad ersetzten wir durch eine Schnur, die links und rechts neben den Rädern an der Achse befestigt wurde. Indem wir daran zogen, konnte das Gefährt gelenkt werden. Dank dem Umstand, dass wir am Berg wohnten, hatten wir keine Mühe, eine Fahrstrecke mit genügend Gefälle für die Abfahrt zu finden.

Natürlich wollten wir dann auch irgendwann ein richtiges Steuerrad haben. Daran bastelten wir viele Stunden. Doch das funktionierte nie zufriedenstellend. Ab und zu löste sich beim *Renken* sogar ein Rad von der Achse und rollte die Strasse hinunter. Zum Glück hatten wir in unserer Werkstatt immer genug Schrauben für die Reparaturen.

DS RÖSSLI-SPIEL

Beim Rössli-Spiel knüpften wir eine etwa drei Meter lange Schnur zusammen, legten sie dem, der das Rössli spielte, über den Nacken und zogen sie unter seinen Schultern hindurch nach hinten.

Ein Kind spielte den Fuhrmann, nahm das Leitseil in beide Hände, rief «Hüh!», und das Rössli galoppierte mit einem lauten «Wiiiihhh!» los. Der Fuhrmann musste hinter dem wilden Ross her rennen und versuchen, es zu lenken. Meist hatte man Mühe, es zu bändigen, denn diese Rösser waren wirklich wild. Sie galoppierten über Stock und Stein, durch die Dorfgassen, zwischen den Ställen durch und auch über die Steintreppe, die zwischen unserem und dem Nachbarhaus hinunter führte.

Manchmal konnte der Fuhrmann das Ross nicht mehr halten und musste die Schnur loslassen. Dann galoppierte das Pferd wiehernd und schnaubend alleine durchs Dorf, bis es ihm zu langweilig wurde und es sich wieder einfangen liess.

Auch ich spielte einmal so ein wildes Ross und rannte schnaubend durch die Prärie. Als mein Fuhrmann merkte, dass ich von der Strasse über die oben erwähnte Steintreppe hinunter rennen wollte, liess er das Leitseil los, weil er mir nicht folgen konnte. Eine Sekunde später verfing sich die Schnur in der Laube neben der Treppe. Es riss mich nach hinten ... Ich fiel auf den Rücken und knallte mit dem Hinterkopf auf die Steintreppe.

Ich wache mit Kopfschmerzen auf, liege in der Stube auf dem Kutschi. Doktor Bonifazi kommt zur Türe herein, stellt seinen Koffer ab, zieht eine Taschenlampe hervor und leuchtet mir in die Augen. Nach ein paar weiteren Untersuchungen meint er, ich hätte Glück gehabt, es sei nur eine Hirnerschütterung.

So einen Arzt wie Bonifazi gibt es heute nicht mehr. Bei Wind und Wetter immer bereit, für seine Patienten ins Auto zu steigen oder sogar einen Fussmarsch auf sich zu nehmen, wenn die Gegend abgelegen war. Er kam auch im Winter, wenn wir Grippe und hohes Fieber hatten.

Ich sehe ihn noch vor mir, wie er mich mit seinem Stethoskop abhorcht. Am Rücken, unten, oben, auf der Brust, links und rechts. Das gab mir ein Gefühl von Geborgenheit und Vertrauen. Und das sichere Wissen, dass ich wieder gesund werden würde.

Eines Tages fuhr Mama mit mir im Postauto nach Thusis zu Doktor Bonifazi. Der Grund: Ich hatte angefangen, mich immer öfter zu räuspern. Papa räusperte sich zwar auch, doch bei einem Buben in meinem Alter könne das nicht normal sein, fand man.

Vom Bahnhof Thusis liefen wir die Strasse *duruf*, über die Hauptstrasse und rechts die Spitalstrasse hinauf bis wir zur steilen Steintreppe an der alten Strasse gelangten, die zum Haus von Dr. Bonifazi führte. Mir war nicht ganz wohl bei diesem Besuch. Was würde der Doktor mit mir machen, was herausfinden?

Der drückte zuerst einmal mit einem Holzstäbchen meine Zunge nach unten. «Sag Ah», und ich sagte «Ah». Das kannte ich von seinen Besuchen zu Hause, das war nicht schlimm. Dann leuchtete er mit seiner Taschenlampe in meinen Hals, schrieb etwas auf ein Blatt Papier, leuchtete noch einmal in meinen Hals ..., schwieg.

Ich bekam ein mulmiges Gefühl. Mama wohl auch, denn sie fragte, was los sei mit meinem Hals. Doktor Bonifazi schrieb nochmals auf das Blatt und sagte dann, in meinem Hals wäre ein roter Punkt, der bei jedem Räuspern immer röter würde. Das war alles.

Diese Diagnose beschäftigte mich noch jahrelang. Ein roter Punkt, der immer röter wurde, je öfter ich mich räusperte? Ich musste mich jeden Tag immer wieder räuspern und konnte mir, so oft ich es auch versuchte, einfach nicht vorstellen, wie viel röter als dunkelrot das Rot in meinem Hals dabei noch werden konnte.

Heute denke ich, dass der schlaue Doktor Bonifazi einen psychologischen Trick anzuwenden versuchte. Er dachte wohl, das Räuspern sei nur eine schlechte Gewohnheit und beim Gedanken an den roten Punkt im Hals würde ich damit aufhören.

Genützt hat der Trick auf jeden Fall nicht. Ich habe mich mein Leben lang geräuspert, manchmal mehr, manchmal weniger, je nach dem Katarrh in meinem Hals. Auch mein Neni hat sich oft geräuspert und auch gehustet. Das Ergebnis spuckte er dann in das mit Sackmehl gefüllte Speuztrückli, das neben seinem Stuhl auf dem Stubenboden stand.

Wie es war, bevor es Autos und Doktor Bonifazi gab, kann ich mir gar nicht vorstellen. Papa erzählte, dass Öhi Balza einmal unter grossen Schmerzen mit einer Blinddarm-Entzündung von Dalin nach Thusis ins Spital gelaufen sei, weil es keine andere Möglichkeit gegeben habe. Nicht auszudenken, was passiert wäre, wenn der Blinddarm unterwegs geplatzt wäre.

Heute beschleicht mich schon ein schlechtes Gefühl, wenn ich unterwegs merke, dass ich mein Handy zu Hause vergessen habe. Was, wenn etwas passieren würde? Es gibt ja keine Telefonkabinen mehr, auf jeden Fall keine, die man wie früher mit Münzen bedienen könnte.

Um mich zu beruhigen, sage ich mir dann, dass wahrscheinlich sowieso alles nach einem bestimmten Plan abläuft. Was ist, das ist, und was sein soll, das soll sein. Gemäss dem Lied «Che serà serà», das Doris Day im Film von Alfred Hitchcock «Der Mann, der zuviel wusste» sang, als ich sieben Jahre alt war.

Das Lied wurde 1957 mit dem Oscar ausgezeichnet. Ich wünschte, ich wäre damals schon älter gewesen. Vielleicht hätte ich sogar Doris Day kennen gelernt, und mein Leben hätte eine ganz andere Richtung genommen ;-)

DS WÄSALI-SPIEL

Beim Hüten, während das Vieh weidete, hatten wir viel Zeit für Spiele. Eines, das wir oft machten, war ds *Wäsali*-Spiel.

Zuerst suchten wir ein ebenes Plätzchen, wo wenig Gras wuchs. Dort schnitten wir mit dem Sackmesser einen etwa ein Zentimeter breiten und ebenso tiefen Graben um eine Fläche von etwa dreissig auf dreissig Zentimeter. Das kleine Wieslein darin teilten wir mit weiteren Gräben in so viele verschieden grosse Teile als Teilnehmer waren.

Nach der Auslosung, bei der jedem Teilnehmer sein Stück zugeteilt wurde, schleuderte der Erste das Messer in sein Feld. Wenn er traf und das Messer stecken blieb, durfte er die Länge der Messerspitze, so tief sie in die Erde eingedrungen war, vom Feld wegschneiden. Wer sein Feld zuerst abgearbeitet hatte, war Sieger.

Natürlich kam es schon bei der Auslosung darauf an, ob man das grösste oder das kleinste Feld zugeteilt bekam. Jeder wollte natürlich das kleinste, weil man dann schneller fertig war. Es kam aber auch darauf an, ob man sein Feld überhaupt traf. Das war gar nicht so leicht, weil man das Messer kniend von etwa Schulterhöhe ins Feld schleudern musste.

Flöten aus Haselstauden

Eines Tages im Frühling zeigte uns Deia, wie man aus einem Stück einer Haselrute eine kleine Flöte herstellt. Rund ums Dalinertobel gab es genügend Haselstauden, die sich bestens dafür eigneten.

Zuerst wurde mit dem Sackmesser ein Stück aus einer Staude, etwa acht Zentimeter lang und vielleicht gut einen Zentimeter im Durchmesser, herausgesägt. In den Kopfteil der Haselflöte wurde, in einem etwa fünfundvierzig Grad Winkel, das Mundstück geschnitzt. In den unteren Teil der Rinde kamen die Löcher für die verschiedenen Töne.

Das Sackmesser an der Schneide haltend klopfte Deia dann mit dem Griff immer wieder auf die mit Speichel benetzte Rinde. Das wiederholte er solange, bis sich die Rinde vom Holz löste und das Holz herausgedreht werden konnte.

Das Holzteil vom Mundstück wurde weggesägt und mit dem Messer am oberen Teil abgeplattet. Danach kam es wieder in die Rinde. Ein Stück vom restlichen Ästchen wurde von unten in die Rinde gestossen und verschloss den Luftkanal nach unten. Danach konnte man auf der kleinen Flöte spielen, fast wie auf einer echten.

Es gab auch noch ein Variante ohne Löcher. Die funktionierte wie eine Zugposaune. Indem wir das herausgedrehte Ästchen auf und ab bewegten, änderte sich der Ton stufenlos.

Wasserspritzen

Während beim Heuen die Erwachsenen nach dem Znüni oder Zvieri noch Kaffee tranken, plauderten und etwas ausruhten, benutzten wir Buben die Gelegenheit zum Spielen.

Die meisten Wiesen waren von Stauden und Hecken gesäumt. Dort mussten wir von Hand mähen, auf Papas Befehl bis ganz an die Stauden heran.

Oft standen die Stauden an einem Hang gegen ein Tobel, wo wir vom Gebüsch weg nach oben mähen mussten. Das war sehr anstrengend, dafür aber auch schattig und kühler als auf der offenen Wiese. Und da gab es viel zu entdecken. Zum Beispiel hochgewachsene Pflanzen, die nur am Wasser wachsen. Sie hatten harte, hohle Stengel, die nach etwa zwanzig Zentimetern eine neue und dünnere Stufe aufwiesen. Der Übergang von einer Stufe zur nächsten wurde durch eine dünne Membran abgeschlossen.

Daraus machten wir Wasserspritzen, indem wir zwei Stufen so auswählten und zuschnitten, dass eine dünnere Stufe genau in die dickere hineinpasste. Am Ende der dicken Stufe machten wir ein kleines Loch in die zugewachsene Fläche und konnten so Wasser aus dem Bach aufsaugen und umherspritzen.

Traktörli

In *Danlarasch* spielten wir mit *Traktörli*, mit Fahrzeugen, die wir mit Fadenspulen aus Holz herstellten.

In die Ränder der leeren Fadenspulen schnitzten wir Kerben, damit sie in der Erde besser greifen konnten. Für den Motor im Inneren der Spule bekamen wir von Mama einen Einmachglas-Gummi und ein kleines Stück Seife. Wir zogen den Gummi durch die Fadenspule und befestigten ihn auf einer Seite mit einem kleinen Nagel. Auf der anderen Seite zogen wir ihn durch das kleine gelochte Stück Seife, schnitten ein Loch hinein und steckten ein etwa fünf bis sechs Zentimeter langes Hölzchen hindurch. Dieses Hölzchen drehten wir dann so lange herum, bis der Gummi-Motor aufgezogen war. Wenn wir nun das aufgezogene *Traktörli* auf den Boden setzten, fing die Spule sich an zu drehen, weil sich das eingedrehte Gummi entwickeln wollte. Die Kraft, die dadurch entstand, wurde durch das lange Hölzchen, das auf dem Boden auflag, auf die Spule übertragen, und dadurch bewegte sich unser Gefährt vorwärts.

So hatten wir selbstgebastelte Fahrzeuge, an denen wir grosse Freude hatten. Wir bauten Hügel und Durchgänge unter den Lärchenwurzeln von *Danlarasch* und liessen unsere *Traktörli* über Berge, Steine und Wurzeln klettern, durch Tunnels fahren und Rennen machen.

Aus Aststücken schnitzten wir auch Kühe, Kälber und Rinder. Die Ställe für unser Vieh gruben wir unter den Wurzeln in die Erde oder bauten sie aus Hölzchen und Steinen zusammen.

Schära fanga

Für die Bauern waren die vielen Maulwurfshügel, die im Frühling in den Wiesen entstanden, ein Ärgernis. Für jede gefangene *Schära* erhielten wir Buben darum von der Gemeinde fünzig Rappen. Das war eine willkommene Gelegenheit, etwas Sackgeld zu verdienen. Meine Brüder waren darin ziemlich erfolgreich. Ich konnte mich nicht recht dafür begeistern, begleitete die Fänger jedoch auf die Wiese und schaute ihnen zu, wie sie das machten.

Die Schermausfalle bestand aus einem dicken Draht und war aufgebaut wie eine Schere. Um die Falle zu spannen musste man sie zusammendrücken und einen Ring dazwischen klemmen. Das brauchte viel Kraft und konnte auch schief gehen. Wenn das Metall nass war, rutschte der Ring, der die Falle offen hielt, weg und es konnte passieren, dass man seine Finger einklemmte.

Die gespannte Falle wurde behutsam in den Bau geschoben und der Eingang vorsichtig wieder mit Erde verschlossen. Wenn die

Schermäuse dann durch ihren dunklen Ganz zum Eingang liefen, stiessen sie mit ihrer spitzen Schnauze an den Ring ... Die Falle klappte zu, und aus war es mit der Maus.

Um die fünzig Rappen zu bekommen, hackten meine Brüder mit dem *Bieli* die beiden grossen vorderen Schaufeln mit den kräftigen Krallen ab und brachten sie nach Präz zu Jöri. Jöri war ein alter Mann, der alleine in einem Haus in der Nähe des Pfarrhauses wohnte und schwerhörig war. Meist hatte er sein Radio so laut aufgedreht, dass man es bis auf die Strasse hinaus hören konnte.

Nachdem wir lange und laut «Holla!» in den dunklen Gang hinein gerufen hatten, schlurfte Jöri zur Tür, nahm meinen Brüdern die Schermauskrallen aus den Händen, prüfte sie, verschwand wieder im dunklen Gang und kam – nach längerer Zeit – mit den Rappen zurück.

Eines Tages überredete Albert mich, auch mit dem Fangen von Schermäusen anzufangen und bot mir selbstlos seine gebrauchten Fallen zum Kauf an. Ich nahm seine Fallen und bezahlte. Albert kaufte sich dann mit meinem Geld neue Fallen und bezahlte dafür weniger, als ich ihm für seine gebrauchten gegeben hatte. Er wusste natürlich, was die neuen Fallen kosteten, ich nicht. Über diesen Handel freute er sich jahrelang. Für ihn war es das, was er auch später als Bauer am liebsten tat: mit Handeln Geld verdienen.

Ich wurde denn auch kein erfolgreicher Schermausjäger. Nur einmal fand ich eine Maus in einer meiner Fallen. Sie war klein und dünn und nass vom Regen. Und es tat mir leid, dass sie wegen mir hatte sterben müssen.

HOLUNDER-PFEIFEN

Eines Tages kamen wir beim Hüten auf die Idee, aus Holunderstauden Pfeifen zu machen. Wir hatten gemerkt, dass das Mark dieser Staude sehr weich war und leicht mit dem Messer und einem starken Draht herausgearbeitet werden konnte.

Wir brauchten einen Ast, der dick genug für den Pfeifenkopf war und an dem, in einem etwa fünfundvierzig Grad Winkel, ein dünnerer Zweig wuchs, möglichst noch leicht gebogen. Wenn dieser Ast herausgesägt war, hielten wir schon die grobe Form der Pfeife in der Hand.

Das Herausarbeiten vom Mark war jedoch aufwendig und erforderte viel Geschick. Besonders der Durchstich von der Biegung zum Pfeifenkopf war schwierig hinzukriegen. Wenn wir es dann geschafft hatten, am Mundstück sogen und einen Luftzug spürten, flippten wir fast aus vor Freude.

Den Tabak ersetzten wir durch dürre Farnblättern, die überall auf der Weide wuchsen. Dass das kein grosser Genuss war, kann man sich leicht vorstellen. Eigentlich war es die beste Anti-Raucher-Übung, die ich mir denken kann. Sogar das Rauchen von *Niela* war besser.

STREICHE

IM WILDEN WESTEN

Dass wir Buben Nana auch in unsere pubertäre Entwicklungsstufe einbezogen, zeigt die folgende Begebenheit: Mein Bruder Christian und ich waren richtige Leseratten. Jedes Schuljahr bekam die Schule eine grosse, längliche Kiste voller Bücher. Wenn ich mich recht erinnere, zierte ein Schweizerkreuz den glänzenden Holzdeckel. Karl May hatte es uns besonders angetan. Old Shatterhand und Winnetou, die Westmänner, die Indianer, die Gefahr, in der diese Helden immer waren. Das war unglaublich spannend. Ich glaube, so im Alter von dreizehn/vierzehn Jahren entdeckten wir dann die Wild-West-Romane. Cowboys, Revolvermänner, Duelle. Diese Helden hiessen unter anderem Wyatt Earp, Doc Holyday, der Fremde und so weiter.

Weil wir diese Western-Szenen nachspielen wollten, schnitzten Christian und ich je zwei Revolver aus Holz, malten sie schwarz an und bastelten dazu Halfter aus Leder. Unsere Schiesseisen banden wir so um die Hüften, wie es die Revolverhelden in den Romanen taten. Dann suchten wir die Herausforderung der Gefahr im Dorf, in den Ställen und im Wald. Wir duellierten uns, und jeder versuchte, so schnell als möglich den Colt zu ziehen. Wir riefen «päng, päng» und stritten darum, wer zuerst geschossen hatte.

Eines Tages spielten wir im *Bongart* unter dem Haus, wo mehrere Apfelbäume standen. Unsere Eltern waren aus irgendwelchen Gründen nicht zu Hause und hatten Bäsi Anna und Nana gebeten, uns zu beaufsichtigen. Wir hatten uns aber abgesetzt und wollten nicht von den beiden kontrolliert werden, weil wir wussten, wie streng Bäsi Anna war.

Irgendwann hörten wir, wie Nana uns nach Hause rief. Wir gaben aber keine Antwort, kletterten auf einen Apfelbaum und versteckten uns dort. Ein Teil unseres Trainings bestand ja darin, sich still zu verhalten, sich unsichtbar zu machen und natürlich auch, wie die Indianer, keine Spuren zu hinterlassen. Spuren hatten wir für Nana keine hinterlassen, weil das Gras kurz geschnitten und sie keine Fährtenleserin war. Aber sie kam trotzdem immer näher. Dann tauchte sie am Gartenzaun auf und rief nach uns ...

Wir blieben still. Sie kam in den *Bongart*, lief das *Port* hinunter auf die kleine Wiese und stand beim nächsten Rufen direkt unter uns. Wir hielten den Atem an, konnten nur mit Mühe ein Kichern unterdrücken.

Plötzlich aber änderte sich die Szene und leider nicht zu unseren Gunsten. Mit grossen Schritten näherte sich eine Gefahr, der wir nicht mehr ausweichen konnten. Bäsi Anna kam anmarschiert. Mit den gleichen dynamischen, grossen Schritten, die ich vom Weg zur Scoletta her noch kannte. Sie entdeckte uns sofort auf dem Baum und hatte überhaupt kein Verständnis dafür, dass wir Nana als Trainingsobjekt in unser Spiel einbezogen hatten. Im Gegenteil, sie war stinkwütend und befahl uns, sofort vom Baum zu klettern.

Wir sprangen auf den Boden und versuchten, abzuhauen. Bäsi Anna nahm einen am Boden liegenden Ast in die Hand, sprang uns nach und trieb uns vor sich her, den *Bongart* hinauf zum Haus.

Dabei schlug sie uns links und rechts aufs Hinterteil, traf jedoch nur unsere Colts, die wir zum Glück, gemäss unseren Vorbildern, tief an beiden Hüften trugen. Als der Sturm und Bäsi Anna sich verzogen hatten, bekamen wir einen Lachkrampf, weil die Tante nur unsere Holzrevolver getroffen hatte.

Die Steinschleuder

Etwas, das damals einfach jeder Bub selber herstellte, war eine Steinschleuder. Aus einer geeigneten Staude sägten wir mit dem Sackmesser eine Gabel, schnitzten sie zurecht und erbettelten von Mama ein Einmachglasgummi. Heute wundere ich mich darüber, woher Mama all die vielen Gummis hernahm, denn eigentlich brauchte sie die ja für die Gläser.

Weil wir damals noch keine Tiefkühltruhe hatten, war das Einmachen von Fleisch, Birnen, Zwetschgen usw. die einzige Möglichkeit, die Esswaren haltbar zu machen. Im Winter war man dann froh über genug Eingemachtes im Keller.

Das Gummi vom Einmachglas schnitten wir auseinander und befestigten die Enden an den beiden Schleudergabeln. Die kleine Zunge, die jeder Einmachglasgummi hatte, war ideal, um einen kleinen Stein aufzunehmen.

Die Schleuder benutzten wir natürlich, um die Gegend zu verunsichern. Auch Spatzen wurden ein Ziel, doch ich traf nie einen. Dazu war die Schleuder zu ungenau, oder der Spatz zu schnell.

Auch Leute kamen nicht zu Schaden ... bis auf einen Bauern aus Sarn, der eines schönen Tages mit seiner Kuh nach dem Stierbesuch in Präz auf dem Heimweg war.

Ich stehe mit meiner Steinschleuder auf der Strasse in Dalin, auf der Suche nach neuen Zielen. Da kommt ein Bauer mit seiner Kuh des Wegs.

Verstrubelte schwarze Haare, Glatze. Luzi Hänny. Er schaut mich mit dunklen Augen an. Irgendwie misstrauisch, dünkt mich, vielleicht wegen der Schleuder in meiner Hand. Er grüsst kurz und zieht die Kuh am Strick an mir vorbei.

Wie ich so die Kuh hinter Luzi herschlendern sehe, habe ich eine Eingebung. Ich lasse mich auf ein Knie nieder und nehme einen kleinen Stein in die Hand. Mein Ziel: Dass schlenkernde Hinterteil der Kuh. Was für ein Spass!

Ich lege den Stein in die Schleuder, ziele und schiesse. Der Stein fliegt, wie beabsichtigt, in einem leichten Bogen durch die Luft ..., fliegt ganz knapp über Schwanz und Rücken der Kuh und landet (oh je!) mitten auf der Glatze des Bauern.

Luzi greift sich mit einem Fluch an den Kopf, dreht sich herum, sieht mich mit der Schleuder in der Hand, fuchtelt wild mit den Armen: «Vardammta Saugof! Frächa Siach! ...

Dann geht er, immer noch schimpfend, weiter. Ich schleiche, mit schlechtem Gewissen nach Hause. Hoffe, dass Papa nichts erfährt.

KREATIVE HANDLUNG MIT FOLGEN

An einem wunderschönen Sommerabend lief ich, mit der Heugabel auf der Schulter – müde, aber entspannt – nach Hause. Als ich bei der Wiese von Johann Richard vorbei kam, sah ich eine lange schwarze Kunststoffwasserleitung am Boden liegen. Ich betrachtete eine Weile den Schlauch, wie er da so im Gras lag und sah, dass weiter unten eine rostige Badewanne als Tränke für die Kühe in der Wiese stand. Daran war der Schlauch mit einer Schnur befestigt worden, damit das Wasser die Wanne füllen konnte.

Der Schlauch gefiel mir, er reizte mich, er wollte etwas von mir, das spürte ich. Ich nahm die Gabel von der Schulter und begann, den Schlauch zu lochen. Als das Wasser hochspritzte, sich oben einzelne Tropfen bildeten und als Regen wieder im Gras landeten, gefiel mir das ungemein. Also machte ich weiter.

Besonders angetan war ich von dem satten Geräusch, wenn die Gabel durch den Kunststoff drang. Ich stach hinein, zog heraus, stach hinein, zog wieder heraus ... es war eine Art unbewusste kreative Handlung. Zerstörung, Veränderung und Neuschöpfung in einem. Wie in Trance stiess ich ein Loch ums andere in den Schlauch, bis er aussah wie ein Rasensprenger. Erst dann dämmerte mir, dass der Bauer meine künstlerische Absicht vielleicht missverstehen könnte.

Johann Richard war schnell klar, wer für die Löcher in seinem Wasserschlauch verantwortlich war. Und leider verstand er nichts von Kunst. Schnurstracks lief er zu meinem Vater und erstattete jammernd Bericht über meine «Arbeit» auf seiner Wiese.

Als ich nach Hause kam, empfing mich Papa mit dem Teppichklopfer. Er war furchtbar wütend, packte mich am Handgelenk und schlug mit dem Stil zu. «Für jedes Loch a Schlag!», brüllte er. Um den Schlägen auszuweichen, die mich auch an den Oberschenkeln trafen und saumässig *pitsgeten*, lief ich im Kreis herum und schrie wie am Spiess. Die Bestrafung fand im Hauseingang statt, dort wo die Treppe nach unten in die Wohnung von Nana, Bäsi Anna und

Öhi Balza führte. Es dauerte nur ein paar Sekunden und, alarmiert durch mein Geschrei, ging im unteren Stock die Türe auf. Nana rannte die Treppe herauf und rief: «Mo, was machsch au mit am Buab?»

Papa schrie zurück: «Varschwind, sus kriagsch au no as paar!» Darauf zog sich Nana jammernd zurück und blieb händeringend am Anfang der Treppe stehen.

Papa musste mich dann, wegen meiner Fluchtbewegung und der damit verbundenen Zentrifugalkraft loslassen, bevor er alle Löcher aufgezählt hatte.

Dass Johann Richard die Löcher im Schlauch zählen würde, darauf wäre ich nie gekommen. Sonst hätte ich sicher ein paar weniger gemacht.

DER ALTE TSCHARNER

Der alte Tscharner war der erste Postchauffeur, an den ich mich erinnern kann. Der Alte war er für uns, weil er einen Sohn hatte, der auch mit dem Postauto von Thusis nach Präz und zurück fuhr.

In meiner Erinnerung war er ein sehr gemütlicher Mann, besonders was seine Fahrweise betraf. Wenn man mit ihm nach Thusis fuhr, war es, als ob man auf einer Weltreise wäre.

Die Postauto-Ankunft und -Abfahrt war immer eine kleine Sensation, da selten ein anderes Auto durchs Dorf fuhr. Wenn ich nichts zu tun hatte, wartete ich bei der Haltestelle und schaute zu, wer aus- und einstieg.

Manchmal, wenn Mama nach Thusis «musste», durfte ich auch mit. Das war dann ein grosses Erlebnis für mich. Ich kann mich erinnern, wie ich einmal überglücklich im Postauto sass und die Leute bemitleidete, die zu Fuss unterwegs waren.

Eines Tages stand ich mit einem Stecken in der Hand auf der Strasse bei der Haltestelle, als Postautohalter Tscharner mit seinem Wagen von Präz her einfuhr und vor mir anhielt.

Mit diesem Stecken habe ich mich schon die längste Zeit her-umgeschlagen. Das heisst, ich habe versucht, ihn zu brechen. Aber der eine Teil hängt immer noch am anderen. Vielleicht, weil der Stecken noch grün ist. Doch das will ich nicht akzep-tieren. Ich habe ihn mit dem Knie gebeugt, gedreht, an Steine und Hausmauern geschlagen, übers Wasserrohr am Brunnen ... ohne Erfolg!
Das hat mich langsam wütend gemacht. Ich bin in der Stim-mung, alles zu tun, um mein Problem zu lösen.
Als das Postauto sich langsam in Bewegung setzt, laufe ich ihm nach und schlage den Stecken – in der Hoffnung ihn endlich abanand zu bekommen – mit aller Kraft auf die gelbe Rückseite. Päng! Päng! Päng! Pängpängpäng! Päng!!!

Mit einem Ruck hielt der beleibte alte Tscharner an, riss die Tür auf und sprang auf die Strasse. So schnell hatte ich ihn noch nie aussteigen sehen. Mit hochrotem Gesicht lief er auf mich zu.

Tscharners Sohn hätte mir in diesem Fall sicher eine saftige Ohr-feige gegeben. Sein Vater liess es bei einer Standpauke bewenden. Während er mir lautstark mitteilte, was er von meiner Vorstellung hielt, tastete er die Postautorückseite ab. Als er keine Beschädigung fand, stieg er kopfschüttelnd wieder ein und fuhr weiter.

Ich stand mit dem Stecken, der immer noch nicht *abanand* war, wie in Trance auf der Strasse. Es dauerte eine Weile, bis ich wieder zu mir kam. Zum Glück gab es keine Zuschauer. Falls Papa das er-fahren hätte, wäre ich vielleicht – noch einmal! – durch Schläge mit dem Teppichklopfer bestraft worden.

DIE LÄRCHE

Dort, wo *d Hütta vom Haas* stand und wo der steile Weidehang hi-nauf zum Wald unterhalb der Präzeralp beginnt, streckte eine grosse Lärche ihren Wipfel in den blauen Himmel. Sie stand auf enorm dicken Füssen, wovon zwei mit einem Abstand von etwa einem knappen Meter talseitig als Wurzeln im Boden verschwanden. Die Höhle zwischen diesen Wurzelfüssen war wie gemacht, um Feuer zu entfachen.

Feuer machen, das war etwas, das uns Buben im Blut lag. Irgendwann im Laufe unseres langen Viehhüte-Tages machten wir fast immer ein Feuer. Sei es, um uns zu wärmen, unsere *Servelas* zu bräteln oder einfach aus Freude am Feuer.

Die grosse Lärche hatte eine besondere Anziehung auf uns. In der Wurzelhöhle und etwa zwei Meter den Stamm hinauf war sie mit Harz bedeckt. Aus Erfahrung wussten wir, dass Harz, einmal entzündet, enorm gut brannte. Wir beschlossen deshalb, etwas vorsichtig zu sein und machten nur ein kleines Feuer mit ein paar trockenen Zweigen und etwas dürrem Farn. Das Ergebnis war mehr als erfreulich. Das Feuer nahm sofort Fahrt auf, frass im Eilzugstempo den Farn, dann die dürren Zweige. Schnell züngelte es dem Stamm entlang in die Höhe, fand das noch weiche, gelbe Harz, leckte eine Weile daran und raste dann mit einem freudigen Brausen um den halben Stamm herum. Bevor wir wussten, was geschah, hatte das Feuer auf Mannshöhe die Lärche in Brand gesetzt.

Obwohl wir ziemlich viel Erfahrung mit Feuermachen hatten, waren wir völlig überrascht. Wir mussten dieses Feuer so schnell als möglich löschen, bevor es noch höher stieg! Doch wie? Wasser hatten wir keines. Also gruben wir mit den blossen Händen trockene Erde unter einer Tanne in der Nähe zusammen und warfen sie auf die Flammen. Wir schaufelten und schaufelten, rannten und rannten, warfen und warfen die trockene Erde ... Es dauerte lange, doch irgendwann wurden die Flammen kleiner, liessen von der Lärche ab und erstickten schliesslich ganz.

Aufatmend sahen wir uns an: Das hätte dumm ausgehen können! Wie immer beim Hüten, waren wir auf uns allein gestellt. Weit und breit kein Erwachsener.

Natürlich erzählten wir das nicht zu Hause. Wir erlebten so manche kritische Situation auf der Weide und waren daran gewohnt, dass wir allein zurecht kommen mussten. Etwas anderes wäre uns auch gar nicht in den Sinn gekommen.

Nach diesem Erlebnis könnte man meinen, dass wir die arme Lärche in Ruhe gelassen hätten. Doch dem war nicht so. Nachdem wir wussten, wie das Feuer im Notfall zu löschen war, versuchten wir es immer wieder. Mit der Zeit gelang es uns, das Feuer so zu steuern, dass es nur zwischen den dicken Füssen der Lärche brannte und nur so hoch stieg, wie wir es wollten.

DER TANZSAAL

Das Dorf Präz liegt etwas tiefer als Dalin, in einer Art Mulde. Im oberen Teil führt die Strasse steil nach unten bis zum Dorfplatz, wo der Dorfbrunnen und die Kirche stehen. Die Häuser gegenüber dem Brunnen stehen auf einem Hügel, der talseitig steil abfällt. Die topografische Lage kann man mit der Form einer Schöpfkelle vergleichen. Am Wegrand oben, am Stiel der Kelle, stand damals noch der Tanzsaal. Ein alter Holzbau mit einer überdachten Laube an der Vorderseite des Gebäudes, zu der eine Holztreppe hinauf führte. Da drin, im oberen Stock, befand sich ein grosser Saal mit einer Bühne. Auf dieser Bühne hatte mein Vater in jungen Jahren einst Theater gespielt. Zusammen mit Jeremias Lareida und anderen Präzern.

Der Tanzsaal war – wie der Name schon sagt – ein Ort, wo man tanzte, wo Feste gefeiert wurden. Solange bis das neue Schulhaus auf dem Hügel neben der Quaderwiese im Jahre 1958 den alten Holzbau überflüssig machte.

Wenn Tanz war, durften wir Kinder bis zehn Uhr abends auch dabei sein. Wir sassen dann ganz aufgeregt am Rand der Tanzfläche und schauten zu, wie die Erwachsenen einander herumwirbelten.

Kurz bevor wir nach Hause mussten, hob der Mann am Bass die Hand und rief: „A Tanz für Kinder!"

Darauf hatten wir gewartet. Manche holten sofort ein Mädchen. Ich traute mich nicht. Doch dann geschah ein Wunder ...

Eine junge, hübsche Frau schwebt über das glänzende Parkett
auf mich zu. Mir wird heiss ... An beiden Händen zieht sie
mich auf die Tanzfläche, dreht sich mit mir im Takt der Mu-
sik und singt «'S isch ja nu a klisas Träumli gsi, Träumli gönt
ja doch so schnell verbi ...» Sie lächelt mich an, redet mit mir
und ... riecht wunderbar.

Wenn ich «ds Träumli vo da Boss Buaba» höre, sehe ich immer noch diese junge, hübsche, gutriechende Frau, wie sie mich anlächelt und meine kleinen Hände in ihren hält. Eine wunderbare, unvergessliche Erinnerung.

Der untere gemauerte Teil des Tanzsaals war durch ein breites Holztor verschlossen. Doch durch einen Spalt konnte man ins Innere blicken. Was wir Buben dann eines Tages dort entdeckten, war mehr als aufregend: Ein alter Feuerwehrwagen mit Schlauch und Spritze und daneben jede Menge alter Feuerwehrhelme.

Irgendwann gelang es uns, das Tor etwas aufzustossen. Wir zwängten uns, einer nach dem anderen, in den muffelig riechenden Raum hinein. Jeder setzte sich einen Helm auf den Kopf. Dann stiegen wir auf den Löschwagen, nahmen die grosse Spritze in die Hand und stellten uns vor, dass wir damit einen Brand bekämpfen würden.

Am meisten konnten wir mit den Helmen anfangen. Die waren ideal, um *Militärlis* zu spielen. Auf unerklärliche Weise tauchte dann immer wieder einer dieser schwarzen Helme in unserer Felsenhöhle im Tobel zwischen Dalin und Präz auf. Es schien fast, als ob sie von selbst den Weg dorthin fänden.

Irgendwann müssten die Zuständigen der Gemeinde das Fehlen der Helme bemerkt und sich gefragt haben, wer die Diebe waren.

Vielleicht aber auch erst, als der Tanzsaal wegen der Strassenverbreiterung abgerissen wurde. Dann waren die ehemals jugendlichen Täter aber schon längst über alle Berge und ihre Spuren – durch den Alterungsprozess – für immer im Winde verweht.

FESTTAGE

Samiklaus

Wenn der sechste Dezember näher rückte, stieg bei uns Buben die Anspannung. Denn der Klaus, der uns jedes Jahr besuchte, war kein lieber alter Mann, nein, er war sehr streng und ... sogar böse.

Ich sitze mit meinen zwei Brüdern und den Eltern in der Stube und warte angespannt auf den Samiklaus. Draussen liegt viel Schnee, es ist kalt und stockdunkel.

Plötzlich polternde Schritte auf der Laube, dann ein gequältes Weinen. Angst macht sich in mir breit. Ich weiss, von wem die Schreie stammen. Von einem Kind, das nicht gschickt gewesen und deshalb vom Samiklaus in seinen grossen Sack gesteckt worden war?

Knarrend geht die Haustüre auf, schwere Schritte im Gang ... und wieder ein gequältes Weinen! Meine Angst wird grösser. Ein hartes Klopfen, die Stubentüre geht auf ... Der Samiklaus poltert in die Stube. Weisser langer Bart, schwarze Kapuze, eine Rute in der Hand. Mit gekünstelt tiefer Stimme sagt er «Guata Abad».

Wir müssen sagen, wie wir heissen und ob wir auch sicher brav gewesen sind. Ich schiele nach seinem Sack. Das arme Kind darin ist jetzt still. Mit zitternder Stimme sage ich mein Versli auf, danach meine Brüder. Der Samiklaus hört zu und sagt nichts. Doch wir scheinen ihn überzeugt zu haben, denn er holt einen kleineren Sack aus seinem Mantel und gibt jedem von uns einen Scarnuzz. Dann wuchtet er den grossen Sack wieder auf seine Schultern, wünscht einen schönen Abend, ermahnt uns Kinder noch einmal und geht zur Tür hinaus.

Nachdem die Haustüre ins Schloss gefallen ist, hört man noch einmal jämmerliches Weinen. Das arme Kind wird jetzt vom Samiklaus in den Wald mitgenommen.

Nachdem der *Samiklaus* gegangen war, entspannten wir uns. Wir leerten seine Bescherung auf den Tisch und assen mit Genuss die Nüssli, Lebkuchen und Mandarinen.

Besonders gefielen mir die Samiklaus-Bilder auf den Lebkuchen. Die schnitt ich mit einem Messer weg und klebte sie im Schlafzimmer über mein Bett an die Holzwand. Leim brauchte es nicht dazu. Das Benetzen der Lebkuchenreste auf der Rückseite genügte, um die Figuren an der Wand zu halten.

Erst nach mehreren Jahren, als ich grösser geworden und aus den Kinderschuhen herausgewachsen war, dämmerte mir, dass dieser böse Klaus nie ein Kind im Sack in den Wald mitgenommen hatte. Bäsi Anna hatte den Klaus gespielt und uns damit Angst gemacht, so wie in der Scoletta beim Kasperlitheater.

WEIHNACHTEN

Weihnachten war die bezauberndste Jahreszeit für einen geborenen Träumer wie mich. Die Geschichte von den drei Königen aus dem Morgenland, die dem Stern folgten, der sie zu dem Stall führte, wo Josef und Maria mit dem Jesuskind in der Krippe Unterkunft gefunden hatten, war für mich wie ein wunderbares, wahr gewordenes Märchen.

Es ist Heiligabend. Ich platze fast vor Aufregung und Freude, als ich mit den anderen Kindern von Dalin zusammentreffe und wir gemeinsam im Dunkeln nach Präz laufen. Beim Tanzsaal legen wir uns auf unsere Schlitten und büchlen den Weg hinunter zum Schulhaus.
Wir versammeln uns im hell erleuchteten, weihnachtlich geschmückten Schulzimmer. Unsere Lehrerin, Fräulein Wolf, gibt noch letzte Anweisungen das Singen betreffend. Dann stürmen wir lachend und lärmend ins Freie und schlitteln das Dorf hinab zur Kirche.

Auf dem Platz vor der Kirche standen schon viele Leute. Eltern, Grosseltern, Männer und Frauen, Freunde und Verwandte und auch zum Teil Ferienleute. Alle strömten in die Kirche und setzten sich in die Bänke. Die Frauen auf die linke, die Männer auf die rechte Seite.

In mir war eine grosse Freude. Doch ich sorgte mich auch etwas wegen dem Weihnachtsgedicht, dass ich den Text vergessen haben könnte.

Wie ich dann aber vor dem Weihnachtsbaum stand und die vielen Leute vor mir sah, kamen die Worte wie von selbst aus mir heraus:

Vom Himmel in die tiefsten Klüfte
Ein milder Stern herniederlacht;
Vom Tannenwalde steigen Düfte
Und hauchen durch die Winterlüfte,
Und kerzenhelle wird die Nacht.

Mir ist das Herz so froh erschrocken,
Das ist die liebe Weihnachtszeit!
Ich höre fernher Kirchenglocken,
Mich lieblich heimatlich verlocken
In märchenstiller Herrlichkeit.

Ein frommer Zauber hält mich nieder,
Anbetend, staunend muss ich stehn,
Es sinkt auf meine Augenlider,
Ein goldner Kindertraum hernieder,
Ich fühl's, ein Wunder ist geschehn.

Den Namen des Dichters konnte ich mir damals nicht merken, doch die beiden ersten Zeilen «Vom Himmel in die tiefsten Klüfte ein milder Stern herniederlacht» begleiteten mich mein ganzes Leben. Sie gaben mir Trost und Hoffnung, wenn ich mich wie in einer

Kluft tief unten im Dunkeln gefangen fühlte. Das Gedicht passte auch zum Bild, das ich später für meine Konfirmationsurkunde aussuchte: Daniel in der Löwengrube.

Besonders gefielen mir die schönen Weihnachtslieder, die wir mit der Schule am Heiligabend in der Kirche sangen. Und wenn dann mit einem langen Stab, auf dem zuvorderst eine brennende Kerze steckte, all die Lichter auf dem Baum angezündet wurden, war mir, als würde es auch in mir heller und heller. Das Kerzenlicht spiegelte sich in den wunderschönen, glänzenden Kugeln. Die Kirche schien ganz nah beim Himmel zu sein.

Natürlich war Weihnachten auch zu Hause etwas ganz Besonderes. Wir Buben mussten jeweils für eine gewisse Zeit die Stube verlassen, weil das Christkindli seltsamerweise nur auftauchte, wenn keine Kinder anwesend waren.

Das war kaum auszuhalten. Wenn wir dann hinein gerufen wurden, stand immer ein Fenster weit offen, und man sagte uns, dass das Christkindli gerade erst hinausgeflogen sei. Ich fand das seltsam und dachte oft lange darüber nach, wenn die grösste Aufregung vorbei war.

Auch in unserer Stube brannten an Weihnachten Kerzen, wenn auch auf einem viel kleineren Baum als in der Kirche. Das Schönste waren aber die vielen Päckli, die unter dem Baum lagen.

Als wir dann grösser waren, kam Papa am Heiligabend nicht mehr extra für die Feier vom Berg herunter. Wir feierten allein mit Mama. Die Geschenke, die wir in der Schule für ihn gemacht hatten, legten wir unter den Weihnachtsbaum.

Gespannt warteten wir am anderen Tag darauf, dass er in die Stube treten, voller Freude unsere Geschenke entdecken und sie öffnen würde. Doch diesen Gefallen tat er uns nicht immer. Manchmal liess er uns mehrere Tage warten, bis er sich entschliessen konnte, endlich unsere Päckchen zu öffnen.

Die allerschönsten Weihnachtserinnerungen hängen aber mit Bäsi Anna und dem besonderen Klang der romanischen Lieder zusammen. Es gibt ein Wort, das mich, sobald ich es höre, heute noch wie durch einen Erinnerungstunnel in diese wunderschöne Zeit zurücksaugt: NADAL, das romanische Wort für Weihnachten.

Im Weihnachtslied «Notg Nadal», mit dem Text von Bäsi Anna, kommt es besonders schön zur Geltung:

1. Notg Nadal e uss rivada, sontg ruos sur funs a val,
cors salegran a sacalman: «Oz e gea Nadal, Nadal!»

Heilige Nacht, du bist gekommen, tiefe Stille weit und breit,
freudig hat's mein Herz vernommen: «Es ist Weihnacht,
Weihnacht heut!»

2. Notg Nadal, ti misteriusa, portas nus davent igl mal,
flums, uals parfegn marmuran: «Oz e gea Nadal, Nadal!»

Heilge Nacht, du Geheimnisvolle, stille Schmerzen, lindre Leid.
Über Berg und Tal erklinge: «Es ist Weihnacht, Weihnacht heut!»

3. Notg Nadal, o tge legreia, as tei, as tei egl santieu?
Me bufatg igl vent egl porta: «Igl Spindrader e naschieu!»

Heilge Nacht, du bist gekommen zu uns Menschen, die verloren,
habt die Botschaft ihr vernommen? «Der Heiland ist geboren!»

4. Notg Nadal ti gràndiusa, tei sclareschas noss vial!
Leign cantar oz pleign vantiera: «Igl e gea Nadal, Nadal!»

Heilge Nacht, du grosses Klingen, unsern Pfad erhellst du weit.
Lasst uns singen, fröhlich singen: «Es ist Weihnacht,
Weihnacht heut!»

SILVESTER

Am letzten Tag des Jahres, an Silvester, begaben wir uns gegen Abend hinunter zum Stall in die Werkstatt, wo alles zu finden war, was auf einem Bauernhof benötigt wurde. An der Wand über der grossen Hobelbank hingen die Werkzeuge und daneben eine lange Reihe Kuhglocken. Von den ganz grossen für die Kühe bis zu den ganz kleinen Schellen für die Kälber. Die Tengelmaschine stand da, jede Menge *Plunder* und eine grosse, glänzende, zylinderförmige Vorrichtung aus Metall: Die Schleuder, in der Papa die Waben der Bienen mit einer Kurbel so lange herumdrehte, bis aus einem Rohr an der Unterseite Honig herausfloss.

Doch Honig war nicht das, was wir an diesem Abend suchten. Uns ging es um die Schellen, um grosse Glocken, um eine Plumpe wenn möglich.

Mitten in der Nacht werde ich von Mama geweckt. Brutal ist das und völlig ungewohnt! Doch, es ist Silvester! Mein Herz macht einen Sprung, meine Beine auch. Schnell bin ich angezogen, nehme meine Schelle und eile zusammen mit meinen Brüdern aus dem Haus. Auf der Strasse warten schon die anderen Buben.

Um unser Geläute noch still zu halten, fassen wir mit den Handschuhen den Klöppel und halten ihn fest. So laufen wir zusammen nach Präz. Es ist kalt und dunkel. Ich fühle mich, wie viele Jahre später im Militär, wenn mitten in der Nacht Alarm gerufen wurde und man sofort aus dem Schlafsack musste, weil der Feind – aus dem Osten natürlich, woher auch sonst? – schon im Anmarsch war.

Im Nachbardorf werden wir schon erwartet. Die grossen Buben haben einen Anführer bestimmt. Der leuchtet mir ins Gesicht und sagt: «Aha, dar Hans!» Dann muss dar Hans sich mit den anderen Dalinern in eine lange Schlange von Buben aus den drei Dörfern Präz, Dalin und Raschlinas einreihen.

Die gleiche Hierarchie wie beim Schellenursli: Die Ältesten mit den grossen Plumpen zuvorderst, die Jüngsten mit den Kälberschellen am Schluss.

Wenn alle bereit waren, gab der Anführer das Startzeichen. Er lief mit der grössten Plumpe voraus, alle anderen hintendrein. Tiefe und hohe Töne, helle und dunkle – ein riesiges Geläute, in dem ich meine eigene Schelle kaum hören konnte.

Mit dem Ruf «Hüt isch Silveschtar und mora Neujaar!» wurde in jedem Dorf fast jedes Haus so lange beschellt, bis Licht gemacht und aus dem Fenster geschaut wurde. Die meisten Leute waren wahrscheinlich froh, wenn wir wieder weiterzogen.

Unser Silvestergeläute dauerte die ganze Nacht. Zuletzt liefen wir hinunter nach Raschlinas und weckten die dortigen Bewohner aus dem Schlaf. Wenn dann der Morgen graute, machten wir uns auf den Heimweg.

Zu Hause angekommen, wünschten wir den Eltern ein gutes neues Jahr. Dann setzten wir uns hinter den Küchentisch. Mama machte uns Brote mit Butter und *Hung*. Natürlich gab es auch Alpkäse von unseren Kühen. Und zum Trinken – weil wir alle keine Milch vertrugen – Forsanosa.

NEUJAHR

Nach der Silvester-Freinacht versammelten wir uns im Dorf für das Neujahrssingen. Der Lehrer wünschte allen «A guats Neus!», und dann zogen wir los, von Dorf zu Dorf, und trugen unsere Lieder vor. Wir sangen, was wir in der Schule gelernt hatten. Fröhliche, aber auch traurigere Lieder.

Alte und junge Leute kamen aus ihren Häusern oder schauten aus den Fenstern und hörten uns zu. Wenn wir fertig gesungen hatten, wurde geklatscht und manchmal auch etwas für die Schulreisekasse gespendet.

Als wir vor einem Haus das Lied «Im schönsten Wiesengrunde» sangen, hörte uns inmitten von Blumen, die Arme auf das Fenstersims gestützt, eine alte Frau zu. Und ich sah, dass sie weinte.

Diese Szene konnte ich nie vergessen. Wir sangen von Heimat, Abschied und Sterben. Die alte Frau wird, als sie uns Kinder singen hörte, in Gedanken in ihre Jugend zurück gereist sein mit dem Wissen, dass vielleicht bald der endgültige Abschied aus ihrem Heimattal nahte.

Wenn wir dann, so gegen Mittag, mit dem Singen fertig und wieder zu Hause waren, begann unsere Hauptbeschäftigung: Wir besuchten jede Stube im Dorf, wünschten allen «A guats Neus!» und bekamen dafür ein kleines Geschenk.

Besonders gut in Erinnerung ist mir der Besuch bei Uli und Tildi, die etwas ausserhalb vom Dorf wohnten. Dieser Besuch brauchte Mut, denn vor dem Haus war Rex angebunden, der Schäferhund. Seine Leine reichte gerade so weit, dass man vorbei kam, ohne gebissen zu werden, aber nie ohne Gebell und Zähnefletschen seinerseits. Wenn wir Rex unbeschadet passiert hatten, stiegen wir eine Steintreppe zur Haustür und dann eine steile Treppe in die Wohnung hinauf. Alles war so neu und sauber. Ganz anders als in unseren Bauernhäusern.

Ernests Mutter öffnete die Stubentüre und hiess uns willkommen. Linkisch und scheu standen wir in der blitzblanken Stube. Tildi war sehr füllig, aber auch sehr freundlich. Nachdem sie ein wenig mit uns geplaudert hatte, watschelte sie zum Buffet und reichte jedem ein Geschenk. Wir sagten danke und griffen verstohlen mit dem Daumen die Verpackung ab, um herauszufinden, ob auch ein Geldstück drin war.

Nach einer Weile liess Tildi uns gehen mit einigen Ermahnungen wegen der steilen Treppe und dem Hund. Rex raste und bellte wieder. Doch jetzt sprangen wir an ihm vorbei mit dem Wissen, dass wir ein Jahr lang keine Angst mehr vor ihm haben mussten.

Manchmal wurde Rex auch freigelassen und trottete plötzlich durchs Dorf. Dann wirkte er scheu und verschwand schnell, wenn jemand auf der Strasse war. Wir sagten jeweils, dass er nur böse sei, wenn er angebunden ist.

Unsere Hunde waren nie angebunden. Barri konnte frei herumlaufen und auch liegen, wo er wollte. Manchmal sonnte er sich mitten auf der staubigen Strasse vor dem Haus. Gefahr bestand keine, denn ausser Uli mit seinem Lastwagen fuhren nur das Postauto und noch ein Mann mit dem Auto durchs Dorf: Ganzoni, der Kaminfegermeister. Ein beleibter alter Mann mit einem grossen weissen Seehundeschnauz und wirren langen Haaren um die Glatze herum.

Wenn er bei der Arbeit war, kletterten wir manchmal in seinen schwarzen Oldtimer, den er mit zurückgeklapptem Dach im Dorf parkiert hatte. Als er dann einmal plötzlich auftauchte, wütete er so bedrohlich gegen uns, dass wir Hals über Kopf reissaus nahmen und uns nie mehr in die Nähe seines Autos trauten.

Natürlich besuchten wir auch Gotta und Götti von mir und meinen Brüdern. Besonders gut sind mir die Besuche in Sarn in Erinnerung. Dort wohnten meine Gotta Elsbeth und Nikolaus, der Götti von Albert.

Wenn wir durchs Dorf zum Haus meiner Gotta liefen, waren wir froh, wenn wir keine Leute auf der Strasse trafen. Wir waren sehr scheu gegenüber allen, die wir nicht so gut kannten, und wussten nicht, wie wir uns ihnen gegenüber am Neujahrstag verhalten sollten. Die Frage war, ob wir auch diesen Leuten dann die Hand geben und «A guats Neus» sagen mussten oder nicht. Natürlich wollten wir das lieber nicht.

Bei Gotta Elsbeth ging dann die Post ab. Sie war immer aufgestellt und lustig und hatte eine Riesenfreude an unserem Besuch. Mit ihren Kindern zusammen, unseren Cousins, war das ein richtiges Fest. Gotta Elsbeth machte mit uns Spiele, es wurde gelacht und gegessen ... bis wir einfach nur noch nach Hause wollten.

Denn so viel Trubel waren wir nicht gewohnt. Papa hätte so einen Lärm nicht akzeptiert.

Natürlich bekam ich als Göttibub dann irgendwann mein Geschenk. Meine Gotte hatte geplant, dass ich, wenn ich aus der Schule komme, im Besitz eines ganzen Silber-Bestecksets sein sollte, inklusive Teller und Suppentopf.

Das war für einen Bub wie mich natürlich nicht gerade etwas, das mich jedes Jahr neu aus den Socken haute. Doch später, als ich verheiratet war, hatte auch meine Frau grosse Freude an diesem Geschenk.

Der Besuch bei Nikolaus, dem Götti meines jüngeren Bruders, lief dann ganz anders ab:

Der Götti von Albert empfängt uns in seiner Junggesellenstube. Wir setzen uns auf einen Stuhl, er sich aufs Kutschi. Dann sitzt er lange schweigend da und stiert uns abwesend an. Das ist unangenehm. Ich schaue weg. Er schaut zum Fenster hinaus, schweigt.

Wir schweigen auch, weil wir nicht wissen, was wir sagen könnten oder dürften. Eigentlich warten wir nur darauf, dass der Götti das Geschenk herausrückt. Aber, er lässt sich Zeit, will uns wohl zeigen, dass das verdient werden muss.

Aus dem Radio klingt, kaum hörbar, klassische Musik. Wir sitzen auf den harten Stühlen. Nikolaus fragt etwas. Wir antworten mit Ja oder Nein. Dann wieder Schweigen. Langes Schweigen. Mir wird heiss, ich fühle mich unbehaglich, möchte sofort weg aus dieser heissen, schweigenden Stube, hinaus in die frische Winterluft.

Endlich, nach einer gefühlten Ewigkeit, bewegt Nikolaus sich, steht auf, verlässt die Stube und kommt nach einer Weile mit dem Geschenk für meinen Bruder zurück.

Nikolaus Lanicca war trotz einer Hörbehinderung viele Jahre Gemeindekassier und Gemeindepräsident von Sarn. Sein Bruder

Tommi, der die Schmiede von seinem Vater Giontumasch weiter-
führte, war das genaue Gegenteil seines Bruders. Ruhig und zurück-
gezogen widmete er sich ganz seiner Arbeit in der Schmiede.

Manchmal, wenn Papa etwas zur Reparatur brachte, durften wir
ihn begleiten. Giontumasch und später sein Sohn Tommi standen
dann meist an der Esse und hämmerten auf ein Stück glühendes
Eisen ein.

*Schon bevor wir in die Schmiede eintreten, höre ich den hel-
len Klang vom Hammer, der benutzt wird, um irgendein
Stück Eisen mit Gewalt in die gewünschte Form zu schlagen.
Dann sehe ich die Esse, das Feuer, das glühende Eisen, auf
dem herumgehämmert wird. Höre das laute Zischen, wenn
das Material zum Abkühlen ins Wasser getaucht wird.
Es braucht enorm viel Kraft und Feuer und Hitze, um Eisen
zu formen. Es ist eine grobe Arbeit. Zu grob für mich!
Ein Schmied würde ich auf jeden Fall nicht werden. Noch
weniger als ein Bauer. Da gab es keine Zweifel.*

OSTERN

Ostern war für mich besonders schön. Vielleicht auch deshalb, weil
Frühling und die Luft, wie in Erich Kästners Frühlingsgedicht,
weich wie Daunen war.

*Es ist schon so, der Frühling kommt in Gang.
Die Bäume räkeln sich, die Fenster staunen.
Die Luft ist weich, als wäre sie aus Daunen.
Und alles andere ist nicht von Belang.*

Mama sammelte schon lange vor Ostern Zwiebelschalen, um damit Eier zu färben. Wir Buben wussten, dass der Osterhase für jeden
von uns, irgendwo im Haus, im Holzschopf oder im Garten unter
dem Haus ein Nest verstecken würde.

Wenn dann der Ostermorgen endlich da war, durften wir auf die Suche gehen. Bis jeder sein Nest gefunden hatte, verging einige Zeit. Manchmal war es hinter dem Specksteinofen in der Stube versteckt, manchmal zwischen den Blumen, die unter dem Haus wuchsen. Und ab und zu auch in der Holzbeige im Holzschopf.

Die Nester befanden sich jeweils in einer Kartonschachtel oder in einem Körbchen aus geflochtenen Holzspänen. Ausgekleidet mit grüner Kunst-Holzwolle, worin mehrere kleine Ostereier aus Schokolade lagen. Dazu ein grosses Metallei mit einem Osterhasenbild drauf. Das konnte man aufdrehen und fand darin kleine Ostereier. Grüne, gelbe, rote, blaue ... Und natürlich sass mitten im Nest ein grosser Schoko-Osterhase.

War das eine Freude, wenn wir mit den gefundenen Osternestern in die Stube stürmten. Auf dem Tisch hatte Mama einen Korb mit gefärbten Eiern aufgestellt. Mit Speck eingerieben, damit sie schön glänzten. Am schönsten waren die Zwiebelschaleneier. Die machte Mama, indem sie Zwiebelschalen um die Eier wickelte und mit Bindfaden festmachte. Dann kamen die Eier ins heisse Wasser und wurden gekocht. Wenn die Zwiebelschalen entfernt wurden, hatte jedes Ei ein wunderschönes, bräunlich-beiges Muster. Wir waren überzeugt, dass diese Eier beim Tütschen auch die stärksten waren.

Mit diesen Eiern massen wir uns dann mit den anderen Kindern vom Dorf im *Eiertrölen* und Eierwerfen. Nachdem wir vom *Trölen* genug hatten, gingen wir zum Eierwerfen über. Wir liefen den Wiesenhang oberhalb *Prautuasch duruf*, bis wir uns etwa siebzig Meter oberhalb befanden. Von dort warfen wir unsere Eier mit aller Kraft in hohem Bogen auf die Wiese hinunter. Zu unserem Erstaunen blieben die meisten beim Aufprall unbeschädigt. Ja, sie hüpften sogar noch ein paar Mal über das Gras. Wir fanden dann heraus, dass die Eier nur auseinanderspritzten, wenn sie auf etwas Hartes, wie zum Beispiel Steine, trafen.

Vor vielen Jahren war ich mit meiner Frau zusammen bei Bekannten zum *Znacht* eingeladen. Die Stimmung wurde immer ausgelassener. Irgendwann kamen wir auf das Thema Eier. Hans behauptete, dass sich ein gekochtes Ei nicht mit einer Hand zerdrücken lasse. Das konnte ich nachvollziehen. Als er dann jedoch sagte, das sei auch bei einem rohen Ei der Fall, wollte ich das nicht glauben. Darauf nahm er ein Ei aus dem Kühlschrank und forderte mich auf, ein Experiment zu machen.

Ich liess mich überreden, nahm das Ei in die rechte Hand und drückte es. Hans schaute mich grinsend an. Er war sich sicher, dass ich es nicht schaffen würde. Ich drückte stärker ... und stärker und ... plötzlich machte es flutsch! Eine Mischung aus Eiweiss und Eigelb spritzte in hohem Bogen aus meiner Faust die Küchenwand empor. Hans gab einen Schrei von sich, seine Frau wurde bleich. Das hatten sie nicht erwartet. Meine Frau lachte lauthals und sagte, sie hätte es gewusst.

Leider war die gute Stimmung danach auf einen Schlag verflogen. Wir verabschiedeten uns bald. Es war unser letzter Besuch bei Hans uns Sonja.

SCHULE

PRIMARSCHULE

«Ich bin ein kleiner Spiegel deiner Schulleistungen.
Ich sage dir, ob du brav oder fleissig bist,
ob du Fort- oder Rückschritte machst.
Werde nicht eitel, wenn ich lobe.
Suche den Fehler nicht bei mir,
wenn ich tadle und mahne.
Nimm mich so ernst, wie du dich
und deine Pflichten nimmst;
denn ich bin ein Spiegel deiner Jugendtage,
bin Zeugnis, das mit dir geht
durch die weiten Tore zum tätigen Leben.»

(ZUM GELEIT, dritte Seite im Primarschulzeugnis)

Die erste Klasse war ein grosser Einschnitt in meine Kindheit. Obwohl ich bei Bäsi Anna in der Scoletta schon einiges an Disziplin hatte lernen müssen, fühlte ich, dass die Schule eine ganz andere Welt war. Irgendwie war es leichter als bei meiner Tante, weil man nicht Romanisch reden musste. Und die Lehrerin strafte auch nicht, indem sie mich in die Ecke stellte, wie Bäsi Anna es einmal machte, als ich Vera geärgert hatte.

Fräulein Göhring gefiel mir, aber sie machte mir auch etwas Angst. Sie kam aus der Stadt. Chur war damals sehr weit weg für uns vom Berg.

Bei Fräulein Göhring lernte ich schnell lesen, schreiben und rechnen. Dass meine Stärke bei den mehr kreativen Fächern lag, kann man schon im ersten Zeugnis erkennen. Zeichnen, Singen, Handarbeit, Geschichten erzählen ... Da fühlte ich mich in meinem Element.

Mit mir in die erste Klasse kamen Rosmarie, Nina, Vera mit Bruder Willi, Marlen und Paul.

Am ersten Schultag fragte die Lehrerin unsere Namen ab. Als sie Paul, der neben mir in der Bank sass, fragte, wie er heisse, sagte er: «Paul und du?» Die Lehrerin wurde etwas rot und erklärte ihm dann, dass er ihr nicht «Du» sagen dürfe.

Die erste Klasse besuchten wir noch im alten Schulhaus. Es war ein hohes, altes Gebäude, das später auch als Pfarrhaus benutzt worden ist. Ich erinnere mich an den langen Gang mit den Holzbänken, wo man die Schuhe mit den Finken vertauschen musste, bevor man ins Schulzimmer durfte. In der Pause wieder die Schuhe anziehen und danach wieder die Finken ... Am Mittag wieder die Schuhe und am Nachmittag wieder die Finken und so weiter. Das war jeweils ein Lärm und eine Hektik. Nach der Pause hatte ich immer Angst, zu spät zu kommen.

Am Ende des Schuljahres kamen, wie es so Brauch war, die Eltern zum Examen auf Besuch. Sie sassen zuhinterst im Schulzimmer und schauten dem Unterricht zu. Fräulein Göhring schrieb eine Schlangen-Rechnung auf die Tafel, so eine, bei der man mehrere Zahlen mit Plus und Minus durchrechnen musste. Da ging bei mir etwas schief. Ich rechnete die Aufgabe durch, und das Schluss-Ergebnis war 4. Doch die Lehrerin hatte etwas anderes vor und begann, mit mir die Rechnung von Anfang an, Schritt für Schritt durchzurechnen. Weil ich aber schon das Endergebnis hatte, sagte ich immer 4! Das stimmte natürlich nicht mit den Zwischenresultaten überein, weshalb meine Antwort immer wieder falsch war.

Otto, der Mann meiner Tante, kommentierte meine falschen Antworten mit einem scheltenden, lauten «Oho!» aus dem Hintergrund. Ich fühlte mich blossgestellt, missverstanden und zu Unrecht gescholten.

Etwas später hatte ich einen Traum, in dem Otto mit einer Holzfräse auf der Strasse beim Schulhaus stand und mich in Scheiben schneiden wollte. Ein schrecklicher Traum, der sich mehrmals wiederholte und den ich heute noch nicht vergessen habe.

In der zweiten Klasse kamen wir ins neue Schulhaus, das auf dem Hügel über der *Quadra* – der Wiese zwischen Schulhaus und

Dorf – gebaut worden war. Das waren schöne, helle Zimmer, die mir sehr gefielen.

Eines Tages musste ich während des Unterrichts dringend auf die Toilette. Ich streckte auf und wartete auf die Erlaubnis der Lehrerin. Doch Fräulein Göhring reagierte nicht. Sie tat, als ob sie mich nicht sähe. Ich hielt weiter die Hand in die Höhe, schnalzte mit Daumen und Mittelfinger. Die Lehrerin schaute über mich hinweg. Nach einer Weile spürte ich, dass es dringend wurde ..., dann sehr dringend ... und dann musste ich einfach! Aus dem Schulzimmer rennen ohne Erlaubnis, das traute ich mich nicht. Deshalb entschied ich mich für die einfachste Lösung: Ich entspannte mich und liess dem Schicksal seinen Lauf.

Ich trug dicke, von Mama gestrickte Strümpfe unter den auch von Mama geschneiderten kurzen Hosen. Eine Zeit lang sogen die Strümpfe die warme Flüssigkeit auf. Bald wurden jedoch die Füsse nass und dann der grüne Linoleumboden.

Die Lehrerin stand mit dem Rücken gegen die Klasse und schrieb etwas an die Wandtafel. Als ich nicht mehr auf die Toilette musste, drehte sie sich um und schaute mich an: «Hans, komm an die Tafel!» In diesem Moment wusste sie noch nicht, zu was sie mich gezwungen hatte.

Wie in Trance stand ich auf ..., lief zwischen den Schulbänken nach vorn. Das Geräusch, das dabei entstand, werde ich nie vergessen: Platsch, platsch ... platsch, platsch, platsch ...

An das Gesicht von Fräulein Göhring kann ich mich nicht erinnern, weil ich vor Scham auf den Boden schaute. Aber auch so merkte ich, dass meine Lösung erfolgreich war.

Ich durfte sofort nach Hause. Wie ich mit diesen nassen Strümpfen in die Schuhe und von Präz nach Dalin gekommen bin, daran habe ich keine Erinnerung.

Fräulein Göhring bekam kurz darauf Besuch von meinem Vater. Den wird sie wahrscheinlich nicht so schnell vergessen haben. Denn wenn Papa wütend war, tat er das, was wir *öparam alli Himmalärdaschand säga* nannten.

Dass mein Vater sich für mich einsetzte, tat mir gut, das war ich nicht gewohnt. Wenn wir sonst zu Hause wegen anderen Kindern klagten, sagte er immer nur: «Mo du bisch tenk au nit bessar gsi!» Diese Haltung konnte ich nicht verstehen und habe sie auch nie bei meinen Kindern angewandt.

Fräulein Göhring schrieb dann in mein Zweit-Klass-Zeugnis: *Da Hans eine Träumernatur ist, sind seine Leistungen nicht so gut, wie sie sein könnten.*
Dieser Satz hat mich mein ganzes Leben begleitet und beschäftigt. Er hat mich angespornt, mehr aus mir herauszuholen, hat mir aber auch geholfen, mich und meine Träumernatur anzunehmen und das Beste daraus zu machen.

Wie sagte Albert Einstein doch einmal?
Jeder ist ein Genie!
Aber wenn du einen Fisch danach beurteilst,
ob er auf einen Baum klettern kann,
wird er sein ganzes Leben glauben, dass er dumm ist.

Mit dem Wechsel in die dritte Klasse begann für mich die schönste Zeit meiner Schul-Kindheit. Es war, als ob ich aus einem dunklen Wald voller Ängste hinaus auf eine Blumenwiese träte. Auf dieser Wiese schien zwei Klassen lang die Sonne in Form meiner neuen Lehrerin.
Bei Fräulein Wolf bekam ich Selbstvertrauen, weil ich mich anerkannt und angenommen fühlte. Das wirkte sich natürlich auch auf meine Leistungen aus. Fräulein Wolf förderte meine Stärken und übte Nachsicht dort, wo ich nicht so gut war.
Ich erinnere mich an die schönen Bastelstunden und wie ich voller Begeisterung die Geschichte vom «Rösslein Hü» erzählte. Und vor allem daran, dass ich immer gerne in die Schule ging und sogar mit Begeisterung meine Aufgaben machte. Denn die machte ich vor allem, um meine Lehrerin zu beeindrucken.

In der vierten Klasse mit Fräulein Wolf. Von links: *Hinterste Reihe*: Werner Elmer (der *Vehhirt*), Sepp und Ruedi Eugster, Paul Barandun, Willi Feltscher, Rico Frigg, Werner Tarnutzer.
Mittlere Reihe: Jakob Kunfermann, Jakob Elmer, Gieri Lareida, Peter Lareida, Albert Capadrutt, Hansueli Lareida, Herbert Tarnutzer, Hans Capadrutt.
Vorderste Reihe: Vera Feltscher, Marlene Hunger, Rosmarie Lareida, Nina Lareida, Alma Frigg, Pia Feltscher.

Neben mir in der Bank sass viele Klassen lang Rosmarie. Ihre Familie wohnte in Dalin direkt neben uns. Unsere Häuser trennte nur die Steintreppe, der ich beim Rösslispiel eine Hirnerschütterung verdankte. Rosmarie und ich waren, schon bevor wir in die Schule gingen, sehr oft zusammen. Eigentlich war sie meine Jugendfreundin. Fast jeden Tag streiften wir im Dorf umher, spielten und fühlten uns gut miteinander. Es war allgemein bekannt, dass *dar Hans und d Rosmarie as Päärli* waren. So war es nicht verwunderlich, dass wir in einer Pause der dritten Klasse sogar heirateten. Das heisst, wir liefen Arm in Arm über den Pausenplatz und eine ganze Schlange Schüler als Hochzeitsgäste johlend hinter uns her. Sogar die Lehrerin, Fräulein Wolf, gratulierte uns zur Hochzeit.

Ein Charakterzug von mir als Kind zeigte sich in Form von Wutanfällen. Diese kamen aber nur, wenn man mich lange genug ärgerte oder verspottete. So grausam wie Kinder sein können, nutzten sie das aus, um auf meine Kosten ihren Spass zu haben.

Einmal kreisten sie mich ein und riefen alle zusammen: «Du brüalsch! Du brüalsch! Du brüalsch!» So lange, bis ich rot sah. Dann stoben sie davon. Ich fing an zu schreien, bückte mich, nahm eine Hand voll Steine – oder was ich sonst in die Finger bekam – und warf sie mit aller Kraft den Quälern nach.

Auch in einer Schulpause wurde ich eines Tages von ein paar Mädchen gehänselt. Als sie sahen, dass ich wütend wurde und mich bückte, flüchteten sie ins Schulhaus. Mit einer Hand voll Kies vom Schulhausplatz sprang ich ihnen hinterher und schleuderte die Steine den Mädchen nach in den Gang hinein.

Kurz darauf tauchte der Oberstufen-Lehrer, Herr Bernhard, auf. Er wohnte mit seiner Frau, der Frau Lehrer, in der im Schulhaus integrierten Lehrerwohnung. Herr Bernhard hatte grosse Ähnlichkeit mit dem Schauspieler Theo Lingen, der im Film Heidi den Diener Sebastian spielte. Leider fehlte ihm aber, im Gegensatz zu seinem Pendant, jeglicher Humor. Ich sehe noch deutlich, wie er mich mit seinen hervorstehenden, wässrigblauen Augen strafend anschaut.

Was danach passierte, weiss ich nicht mehr. Ich nehme an, dass ich den Gang von meinen Geschossen reinigen musste. Bei Lehrer Bernhard hatte ich von da an einen kräftigen *Tolggen* im Reinheft, was sich ein paar Jahre später in meiner Probezeit in der Sekundarschule nicht gerade zu meinem Vorteil auswirkte.

Als ich dann in die Oberstufe kam, wurden wir von einem grossen, schlanken, dunkelhaarigen Lehrer empfangen. Er trug eine schwarz umrandete Brille und schien ziemlich freundlich zu sein. Als er jedoch gleich nach der Begrüssung mehrere strenge Regeln an die Tafel schrieb, an die wir Schüler uns zu halten hatten, wusste ich, dass der Wind von nun an etwas schärfer wehen würde.

Der neue Lehrer war in Flerden aufgewachsen, wohnte in der ersten Zeit auch noch dort und fuhr deshalb jeden Tag mit dem Velo nach Präz in die Schule. Als wir Daliner Schüler eines Abends auf dem Heimweg waren und den Weg vom Schulhaus nach Dalin hinauf trödelten, überholte uns der Lehrer auf seinem Dreigang-Velo und fuhr, ohne aus dem Sattel zu steigen, zügig in gleichbleibendem Tempo weiter, bis er oben beim Tanzsaal verschwand.

Das beeindruckte uns, weil wir wussten, wie schwer es war, bis zum Tanzsaal hinauf im Sattel zu bleiben. Doch wir vermuteten auch, dass er uns damit bewusst imponieren wollte.

Leider kann ich mich an kaum eine markante Begebenheit in diesen zwei Jahren in der Oberstufe erinnern. Ich kam recht gut mit dem Unterricht zurecht und fühlte mich angenommen, wohl auch weil der neue Lehrer eine ironische Ader hatte, die mir gefiel.

Ab und zu spöttelte er über falsche Antworten und fiel dann in ein ganz besonderes Lachen, das ich in meinem ganzen Leben bei niemand anderem gehört habe. Er lachte irgendwie nach innen, in sich hinein. Ich sehe es noch vor mir, dieses lautlos lachende Gesicht hinter der schwarz umrandeten Brille.

Später wohnte der neue Lehrer eine Zeit lang in der Schulhaus-Lehrerwohnung. Eines Tages war seine Mutter auf Besuch, und wir hörten, wie sie ihn bei seinem Vornamen, besser gesagt, bei seinem

Kosenamen rief. Wir Schüler erzählten das natürlich unseren Eltern. Es dauerte nicht lange, und der neue Oberstufenlehrer wurde von den Leuten untereinander Päuli genannt.

Besonders gerne hatte ich den Turnunterricht bei Herrn Lareida. Flerden war bekannt für eine siegreiche Korbballmanschaft. Unser Lehrer gehörte auch dazu und führte uns schon bei der ersten Turnstunde in diese Sportart ein. Staunend sahen wir zu, wie er den Ball immer wieder treffsicher in den mehrere Meter entfernten Korb schleuderte. Natürlich wollte ich es ihm gleichtun, doch es gelang mir nur ganz selten, den Korb zu treffen. Aber ich war schnell und flink und konnte, wenn der Lehrer in meiner Mannschaft war, ihm den Ball zuspielen. Natürlich wollten alle in seine Mannschaft, weil die immer gewann.

Irgendwann gab es eine neue Lehrerin in der Unterstufe, die dann später Frau Lareida wurde. Fräulein Joos war ein hübsches, selbstbewusstes, keckes Fräulein mit kurzen blonden Haaren und strahlend blauen Augen. So sehe ich sie in meiner Erinnerung.

Als ich merkte, dass zwischen unserem Lehrer und der neuen Lehrerin etwas abging, wie man heute als Schüler wahrscheinlich sagt, verblasste die Erinnerung an meine Schülerhochzeit mit Rosmarie in der dritten Klasse.

Ich richtete meine Aufmerksamkeit in die Zukunft und versuchte, mir vorzustellen, wie es wäre, wenn ich eines Tages auch so ein hübsches Fräulein mit strahlend blauen Augen und Kurzhaarfrisur kennen lernte.

In der Sekundarschule

Mit dreizehn durfte ich in Sarn an die Seki-Prüfung. Ich war stark erkältet und sehr aufgeregt. Ständig lief mir die Nase. Das kleine Taschentuch, das ich dabei hatte, war bald kaum noch zu gebrauchen. Meine Gedanken flossen, wohin sie wollten. So als ob sie nicht das geringste Interesse daran hätten, die Aufgaben zu lösen.

Schuljahr 1963/64. Von links: *Hinterste Reihe:* Nina Lareida, Rosmarie Lareida, Lehrer Paul Lareida, Erika Barandun, Marlen Hunger, Beata Lareida, Christina Baldauf, Iren Kunfermann, Anna Lanicca, Vreni Barandun, Marianne Manni, Erika Kunfermann.
Mittlere Reihe kniend: Uli Barandun, Johann Georg Hunger, Christian Hänny, Ueli Barandun.
Vorderste Reihe sitzend: Hans Capadrutt, Erwin Camenisch, Christian Capadrutt, Arno Giovanoli, Ernest Lareida, Silvio Feltscher, Paul Barandun.

Das Allerschlimmste aber war, dass Herr Bernhard die Prüfung abnahm, der verknöcherte Theo Lingen von der Oberstufe in Präz, bei dem ich den grossen *Tolggen* eingefangen hatte und daher wusste, dass er mich auf seiner Streichliste hatte.

Irgendwie *schnuderte* ich mich durch die Aufgaben, schrieb, rechnete, beantwortete die Fragen. Ich fühlte mich wie in einem schlechten Traum, war ständig in Angst, zu versagen. Alles war irgendwie unwirklich. Unter diesen Umständen war kaum zu erwarten, dass ich die Prüfung bestünde. Und so war es denn auch.

Doch dann geschah ein kleines Wunder. Am Abend nach der Prüfung, als es schon dunkel war, rief jemand «Holla» an der Haustüre. Es war mein Oberstufen-Lehrer.

Ich sehe ihn heute noch an der halb geöffneten Haustüre stehen. Weil es regnete, trug er eine Kapuze und unter dieser hervor kam eine freudige Nachricht. Er sagte meinem Vater, dass meine Prüfungsnote nicht ausreiche für die Sek, dass er sich aber für mich eingesetzt habe, da ich ein guter Schüler sei. Und deshalb würde ich auf Probe genommen.

Am nächsten Tag hatte ich das Gefühl, die Seki-Prüfung schon bestanden zu haben. Und obwohl ich wusste, dass ich noch etwas leisten musste, bis es soweit war, fühlte ich mich grossartig.

Lehrer Bernhard schenkte mir in den drei Probewochen nichts. Jeder Tag war ein Albtraum. Ich lebte in ständiger Angst, von ihm blossgestellt zu werden, und fühlte mich durchwegs schlecht, weil alle anderen aus meiner Klasse die Prüfung auf Anhieb geschafft hatten.

Im Französisch-Unterricht quälte mich Lehrer Bernhard besonders gern. Deshalb übersetzte ich an einem Abend vorsorglich die Wörter der nächsten Übung ins Deutsche und schrieb sie mit ganz dünnem Bleistift ins Lehrbuch über den französischen Text.

Am anderen Tag machte mein Sitznachbar einen Spass über den alten Lehrer, der zwischen den Sitzreihen hin und her lief und uns überwachte. Ich drehte mich lachend um, weil ich annahm, dass er weiter hinten bei den älteren Schülern vom dritten Jahr stünde. Doch dem war nicht so. Er stand in dem Moment direkt hinter mir ... Ich lachte mitten in seine mich wütend anstarrenden Augen. Das war zuviel für ihn. Sein Gesicht lief rot an, er zeigte mit dem Zeigefinger zum Ausgang und schrie: «Vor die Türe!!!»

Als ich dann wieder ins Schulzimmer und an meinen Platz durfte, war ich verängstigt, aufgewühlt, fühlte mich schwach und ausgegrenzt. Lehrer Bernhard befahl mir sofort, den Französisch-Text ins Deutsche zu übersetzen, wohl hoffend, dass er mich damit noch mehr strafen könne. Dank meiner Vorarbeit zu Hause konnte ich jedoch, zur Überraschung aller, den Französisch-Text problemlos ins Deutsche übersetzen.

Als die drei Wochen herum waren, erhielt ich die erfreuliche Nachricht, dass ich die Probezeit bestanden habe. Die beste Nachricht aber war, dass Herr Bernhard durch meinen Oberstufen-Lehrer ersetzt werde. Mir fiel ein Stein vom Herzen.

Mobbing ist heute allgemein bekannt. Leute werden am Arbeitsplatz gemobbt und Schüler in der Schule. Dass das auch schon 1963 in der Sekundarschule in Sarn geschah, ist schwer zu glauben, doch leider wahr.

Die ältesten Sek-Schüler sassen ganz hinten im Schulzimmer, die jüngsten zuvorderst. Unter den Schülern der zweiten und dritten Klasse gab es einige, deren Väter eindeutig eine weniger strenge Erziehungsmethode angwandt hatten als mein Vater. Mein älterer Bruder hingegen war, was Lehrer Bernhard so an ihm schätzte, ein stiller, introvertierter Schüler, fleissig und schweigsam.

Wie das Mobbing begann und warum genau, weiss ich nicht mehr. Etwas muss die frecheren Schüler an meinem introvertierten Bruder genervt haben, vielleicht, weil er etwas alleine oder anders machte. Sie bildeten eine Gruppe und begannen, ihn auszugrenzen. Das geschah in der Pause und auf dem Weg zur Schule von Dalin nach Sarn und zurück.

Wir Daliner warteten jeweils am Morgen, bis die Schüler von Präz und Raschlinas angefahren kamen. Dann fuhren wir, Buben und Mädchen getrennt, mit unseren Velos den fünf Kilometer weiten Weg nach Sarn. Am Mittag nach Hause, nach dem Mittagessen wieder in die Schule und am Abend wieder gemeinsam zurück.

Das änderte sich, nachdem der Anführer seine Bande um sich geschart hatte. Ich hielt natürlich zu meinem Bruder und wurde deshalb mit ihm zusammen ausgegrenzt. Sie machten uns Angst, warteten nicht mehr auf uns und fuhren ohne uns in die Schule.

An einem Abend, als mein Bruder und ich allein von Sarn nach Hause fuhren, verfolgten sie uns mit ihren Velos. Als sie immer näher kamen, flüchteten wir in einen leeren Stall und legten uns in die *Barmen* der Kühe, in der Hoffnung, dass sie uns so nicht finden würden. Kurz darauf stürmten die Verfolger jedoch unser Versteck.

Sie durchsuchten, laute Drohungen ausstossend, den dunklen Stall und benahmen sich, als ob unser letztes Stündlein geschlagen hätte. Nach einer Weile verliessen sie den Stall und taten, als ob sie uns nicht gesehen hätten. Ich hatte fürchterliche Angst, weil ich wirklich glaubte, dass sie uns etwas antäten.

Als wir zu Hause erzählten, was passiert war, beschloss Mama, dem Treiben sofort ein Ende zu machen. An einem Mittag stellte sie sich mitten im Dorf auf die Strasse und wartete, bis unsere Verfolger angefahren kamen. Alle mussten anhalten. Mama wollte wissen, was los war und redete ihnen dann so ins Gewissen, dass sie ganz klein wurden. ZumSchluss verlangte sie, dass wir uns alle die Hand geben und «Frieden!» sagen sollten. Das taten wir denn auch, und von da an war alles wieder gut.

Mit meinem ehemaligen Oberstufen-Lehrer wurde mein Leben in der Sekundarschule um Vieles erträglicher. Trotzdem war ich immer noch der Träumer, der nicht so gute Leistungen brachte, wie er hätte bringen können, wenn er kein Träumer gewesen wäre.

Es fiel mir unsäglich schwer, zu Hause die Französischwörter zu lernen und in meinem Hirn zu speichern. Doch scheinbar nicht nur mir, denn eines Tages, als der Lehrer merkte, dass die ganze Klasse nicht gelernt hatte, schickte er uns in den Kellerraum, wo wir Zeit hatten, das nachzuholen. Mir gefiel es natürlich, dass auch die besseren Schüler mit mir in den Keller mussten.

In den drei Jahren Sekundarschule wurde unser Lehrer drei Mal wegen Abwesenheit von Aushilfslehrern ersetzt. Einmal sprang seine Frau ein, vor der ich ziemlich viel Respekt hatte. Meine Angst verschwand jedoch schnell und machte Vertrauen Platz.

Das ehemalige Fräulein Joos war echt nett und konnte mich sogar zum Lernen motivieren. In einer Lektion sprach sie das Thema Astronomie an. Das war etwas, das mich schon lange interessierte. Die Lehrerin war dann sehr erstaunt, dass ich wusste, wie weit Sonne und Mond von der Erde entfernt waren, wie gross der Erdumfang war bzw. laut Wissenschaft sein sollte.

Schulhaus (und späteres Sekundarschulhaus) in Sarn, ca. 1938. Ganz rechts im Bild (vermutlich) meine etwa vierzehnjährige Mutter beim Ballspiel.

Die zweite Aushilfe war eine Art Legende, von der meine Eltern erzählten, dass er fast sein ganzes Leben lang studiert hätte und als Lehrer für seine Wutanfälle bekannt sei: Otto Flisch. Das machte mir natürlich Angst, weil ich an Lehrer Bernhard denken musste.

Lehrer Flisch hatte stahlblaue Augen und eine Glatze, erwies sich aber entgegen allen Befürchtungen als angenehmer Lehrer, der in seiner Aushilfszeit nicht ein einziges Mal Anzeichen von Wut zeigte. Eines Tages sagte er jedoch zu mir: «Entweder bist du faul oder dumm! Dass du dumm bist, glaube ich nicht, also bist du faul!»

Das ist mir geblieben, weil er recht hatte. Ein anderes Mal sagte er, ich hätte das absolute Musikgehör, weil ich auf seine Frage, wie ein bestimmter Ton zu beschreiben wäre, sagte, der Ton sei «nicht ganz voll».

Besonders angenehm, ja ein Glücksfall für mich war dann Aushilfslehrer Hans Bardill. Er war schon älter, vielleicht sechzig oder mehr. Gutmütig und geduldig, wurde er schnell zum Angriffsziel einiger Schüler. Sie lachten ihn aus. Einer aus Tartar warf sogar einmal eine Kreide von der Bank aus an die Tafel, an der Lehrer Bardill mit dem Rücken gegen uns etwas aufschrieb. Als er sich umdrehte, sah ich, dass er sehr wütend war. Er beherrschte sich aber, tadelte den Täter mit erhobenem Zeigefinger und verlangte, dass so etwas nicht mehr vorkommen dürfe.

Für mich war dieser Lehrer ein Geschenk. Er mochte mich, weil ich so bescheiden und ruhig war, und erwähnte das sogar lobend in meinem Zeugnis. Bei ihm blühte ich auf, ähnlich wie in der Zeit der dritten und vierten Klasse bei Fräulein Wolf. Er schrieb mir dann so gute Noten, dass Lehrer Lareida meine Noten im nächsten Zeugnis wieder etwas herunter schrauben musste, damit sie sich nicht zu sehr von seiner letzten Benotung unterschieden.

Eines Tages im Winter machten wir mit Lehrer Bardill oberhalb von Sarn eine Skiwanderung zur Porteiner Alp. Oben angekommen zogen wir die Felle von den Skis und warteten auf das Kommando zur Abfahrt. Doch Lehrer Bardill sagte, er wolle zuerst noch ein Gebet sprechen und Gott für die wundervolle Winterlandschaft danken. Das berührte mich sehr, so etwas hatte ich noch nie von einem Lehrer gehört.

Bei der Abfahrt im Tiefschnee geriet ich in ein Schneeloch, überschlug mich und blieb liegen. Weil es mich so zusammen gestaucht hatte, bekam ich keine Luft mehr. Sofort fuhr der Lehrer heran, stieg aus seinen Skis und half mir aufzustehen. Wie ein Vater machte er sich Sorgen, dass mir etwas passiert sein könnte.

Besonders interessant ist in diesem Zusammenhang, dass ich vierzig Jahre später mit seinem über achzig Jahre alten Sohn, Tommy Bardill, in der Druckerei Casanova Druck und Verlag AG, wo ich siebzehn Jahre als Polygraf arbeitete, das Buch «Luzein» machen durfte. Das heisst, Tommy Bardill brachte seine Texte und Fotos zu seinem Buch, ich entwarf das Layout, scannte die Fotos ein und brachte das Buch mit ihm zusammen am Computer in die Form für den Druck.

Als Tommy mir erzählte, wer sein Vater gewesen war, kam heraus, dass er im Haus *Bellavista* in Pany aufgewachsen war, das mein Grossvater, Albert Schmid, dort einst gebaut hatte. In dem Haus, in dem meine Mutter geboren wurde und das Tommys Vater und mein Aushilfslehrer, Hans Bardill, später gekauft hatte. Kann so etwas Zufall sein? Ich denke nicht!

Lehrer Bardill traf ich dann mehrere Jahre später im Zug nach Chur, als ich die Gewerbeschule besuchte. Doch zu meinem Erstaunen konnte er sich nicht mehr an mich erinnern.

Zeichnen, Aufsätze schreiben, Singen und Turnen waren die Fächer, in denen ich besonders gut war. Auch Geografie und Geschichte machten mir Freude. Am meisten Erfolg hatte ich aber mit meinen Aufsätzen. Ich erinnere mich, wie mein Stift, direkt von meiner Phantasie gesteuert, Zeile um Zeile schrieb und Seite um Seite füllte.

Ab und zu las der Lehrer meine Aufsätzte der Klasse vor. Mein Bruder sagte mir vor einiger Zeit, dass sogar Papa meine Aufsätze gelesen und diesbezüglich grosse Stücke auf mich gehabt habe.

Leider hat Papa mir das nie gesagt.

Im Frühjahr 1966, nach dem letzten Tag in der Sekundarschule, fuhren Paul und ich von Sarn mit dem Velo nach Hause. Ich fühlte mich ungeheuer erleichtert. Etwas war endgültig vorbei. Etwas, das mich drei Jahre lang stark belastet hatte. Ich spürte eine riesige Freude in mir und machte ausgelassen *ds Chalb*, so dass es Paul und mir vor lauter Lachen schwer fiel, das Gleichgewicht auf dem Velo zu halten.

Ich wusste, dass etwas ganz Neues beginnen würde. Ich hatte eine Lehrstelle als Schriftsetzer und Paul würde, als mathematisch begabter Nicht-Träumer, an die Kantonsschule gehen, die Matura machen und dann studieren.

Wenn ich zu diesem Zeitpunkt allerdings gewusst hätte, was in meinem Leben noch alles auf mich zukäme, hätte ich vielleicht mit meinem Velo kehrt gemacht und mich durch einen Zeitreisetunnel in meine frühe Kindheit zu Tata zurückgebeamt.

DER SPION

PFARRER BENCKERT

Als ich 1962 in der fünften Klasse war, bekamen wir einen neuen Pfarrer für Präz, Sarn und Tartar. Er kam aus Ostdeutschland, aus der DDR, und hiess Michael Benckert. Als Deutscher hatte er es nicht leicht in den Gemeinden. Man munkelte, er sei ein Spion, was heute wahrscheinlich ziemlich lächerlich klingt.

Papa jagte ihn einmal sogar mit der Mistgabel aus dem Stall, als er ihn dort besuchen wollte. Er hasste die Deutschen wegen dem Krieg. Als Kind konnte ich das nicht verstehen, weil ich die Hintergründe nicht kannte.

Pfarrer Benckert war jedoch nicht so leicht zu vertreiben. Mit den Jahren kämpfte er sich mit Humor und Liebenswürdigkeit in die Gemeinden und ihre Mitglieder hinein. Nach einiger Zeit sprach er sogar unseren Dialekt, wenn auch mit einem speziellen Akzent.

Als dann das Pfarrhaus abbrannte und die Pfarrersfamilie ihr ganzes Hab und Gut verlor, öffnete auch Papa sein Herz. Er schickte mich mit einer Hunderternote nach Präz. Als ich dem Pfarrer scheu das Geld überreichte, hatte er Tränen in den Augen. Wahrscheinlich berührte es ihn besonders stark, Geld von dem Mann zu erhalten, der ihm einst *alli Himmalärdaschand* gesagt und mit der Mistgabel aus dem Stall vertrieben hatte.

Es war auch für mich ein sehr emotionaler Moment, dieser Akt der Nächstenliebe meines Vaters. Etwas später machte ein Gerücht die Runde, das weniger mit Nächstenliebe zu tun hatte. Der Spion habe das Pfarrhaus vielleicht sogar selbst angezündet, wurde gemunkelt.

Pfarrer Benckert unterrichtete uns in Religion, und wir merkten bald, dass er etwas cholerisch veranlagt war. Er wurde schnell ungeduldig und bekam dann ein ganz rotes Gesicht. Einmal schlug er mir mit der schmalen Kante des breiten hölzernen Lineals, das er beim Unterricht jeweils in den Händen hielt, ohne ersichtlichen Grund plötzlich auf den Kopf. Das tat weh und schockierte mich, weil ich nicht wusste, was ihn dazu bewegt hatte.

Später, in der Sekundarschule, *tschuttete* Pfarrer Benckert einmal in der Pause mit uns. Die grösseren Buben gingen ihn hart an und nahmen ihm respektlos den Ball weg. Und das immer wieder. Als seine Mannschaft am Verlieren war, wurde er sehr wütend. Sein Gesicht lief rot an, er ballte die Fäuste, und ich merkte, dass er sich nur mit grösster Mühe beherrschen konnte.

Das ist auch so ein Bild, eingebrannt in mein Hirn wie ein Stempel. Der wütende Pfarrer, der seine grossen Hände zu Fäusten ballt. So steht er in meiner Erinnerung immer noch da, als ob ein Film genau in diesem Moment angehalten worden wäre.

Es gibt aber auch schöne Erinnerungen an den ostdeutschen Pfarrer. Besonders gefiel mir sein Trompetenspiel an Weihnachten in der Kirche. Das ist mir geblieben. Schöne Kirchenlieder, von der Gemeinde gesungen und von ihm mit der Trompete begleitet.

Eines Tages kam Pfarrer Benckert auf die Idee, Romanisch zu lernen. Natürlich bot sich als Lehrerin meine Bäsi Anna an. Es dauerte aber nicht lange, und es hiess, die beiden hätten sich zerstritten. Was eigentlich niemanden wunderte, der meine Tante kannte.

Ich kann mir aber auch vorstellen, dass der Pfarrer mit seiner Ausbildung in alten Sprachen meiner Bäsi vielleicht gewisse Dinge in ihrem Romanisch aufzeigen wollte, die er anders auslegte, was sie natürlich nicht hätte akzeptieren können. Andererseits war Pfarrer Benckert vielleicht auch nicht bereit, sich von Bäsi Anna belehren zu lassen. Beide waren vom Temperament her typische Choleriker – das konnte nicht gut gehen!

Die Sturheit meiner Tante kommt wohl aus den Familiengenen. Auch Papa hatte immer recht, sogar wenn er nicht recht hatte! Und wenn ich mich etwas genauer unter die Lupe nähme käme ich vielleicht auch nicht so gut weg.

Vor vielen Jahren besuchte ich mit meiner Frau zusammen einen Gottesdienst in der Kirche von Sarn, weil es hiess, Herr Benckert halte dort noch einmal eine Predigt.

Ich erkannte den Mann, der da vorn in der Kirche stand, zwar noch, doch an der Art, wie er sprach, spürte ich, dass er schon lange nicht mehr Pfarrer war. Da war keine Überzeugung zu spüren, kein Feuer, keine Liebe ... Seine Sprache war unbeholfen, seine Wort klangen hohl.

Als der Gottesdienst zu Ende war, stand er vor der Kirche und verabschiedete die Besucher. Natürlich erkannte er mich nicht mehr und wohl auch sonst niemanden, der einst zu ihm in den Unterricht gegangen war.

Als ich ihm die Hand gab und meinen Namen nannte, schaute er mich nur leer an. In Gedanken sah ich dabei die Szene mit dem Lineal, das er mir auf den Kopf gehauen hatte, und wie er beim *Tschutten* nur mit Mühe einen Wutanfall unterdrücken konnte. Natürlich dauerten diese Bilder nur ein paar Sekunden. Dann wurde ich von den nachfolgenden Leuten, die ihm auch noch die Hand schütteln wollten, weitergedrängt.

Mit ein paar Bekannten stand ich danach auf der Strasse vor der Kirche, frustriert und enttäuscht. Herr Benckert hatte als Pfarrer ein paar Jahre lang eine dominierende Rolle in meinem Leben gespielt, nicht nur im Religionsunterricht.

Als ich siebzehn war, durfte ich im Pfarrhaus seine Haushalthilfe besuchen, in die ich mich verliebt hatte. Er liess uns, nach einer Ermahnung zum anständig sein, im Wohnzimmer allein, damit wir unsere, oder besser gesagt, ihre Probleme besprechen konnten.

Und ich hatte sogar bei seiner Frau Harmonium-Stunden genommen. Und eigentlich – vielleicht weil er nicht so war, wie die einheimischen Pfarrer – hatte ich ihn mit der Zeit ganz gut gemocht. Jetzt stand ich da und wusste, dass das alles für ihn nicht mehr abrufbar war.

Michael Benckert, geb. 1935, war bis 1972 Pfarrer in Präz. Danach Schriftsteller und Kaufmann. Sein Roman «Eva Maria Säuberlin» handelt von einem deutschen Pfarrerehepaar, das in Präz Ferien macht und den einheimischen Lehrer kennen lernt. Der Pfarrer hat ein Geheimnis, und seine Frau ist schwierig. Der Lehrer wird immer tiefer in die Beziehungsprobleme der beiden hineingezogen.

MAMA und PAPA

MAMA

Mamas Arbeit reichte von Brot backen, Kochen, Waschen, Heuen, Schafe und Schweine füttern bis zum Schneidern von Hosen und Stricken von Pullovern und Socken für Papa und uns Buben.

Natürlich stopfte sie auch unsere Socken, nähte *Blätza* auf die Löcher in unseren Hosen und bediente uns am Tisch, wenn wir «Brot! – Käs!» riefen und Papa ihr die Kaffeetasse unter die Nase hielt.

Sie machte jeden Tag unsere Betten und leerte unsere Nachthäfen. Ich sehe noch, wie sie mit diesem Behälter in der Hand von der Nebenkammer, wo mein Bruder und ich schliefen, durch die Stube und die Treppe hinauf zum *Hüsli* läuft und mit dem leeren Topf wieder zurück.

Im Winter, wenn die Fensterscheiben voller Eisblumen waren, legte sie uns heisse Bettflaschen ins Bett und deckte uns bis unters Kinn zu. Wenn wir Grippe und hohes Fieber hatten, stand sie in der Nacht auf, brachte uns Tee, machte kühlende Umschläge, rieb uns die Brust mit Vicks-Salbe ein und sass an unserem Bett, bis wir wieder eingeschlafen waren.

Und im Sommer, während wir Buben und Papa nach dem Mittagessen ein Nickerchen machten, erledigte sie den Abwasch, räumte die Küche auf und eilte mit uns dann wieder aufs Feld an die Arbeit.

BROT BACKEN

Als Mama das erste Mal Brot buk, tat sie zu viel Salz in den Teig. Sie dachte, weil sie kleine Hände habe, nehme sie etwas mehr Salz, als die Frauen mit den grösseren Händen ihr geraten hatten.

Ich war oft mit Mama zusammen im Backhaus und schaute ihr zu, wie sie den Teig in einem grossen Metallzuber zubereitete. Zuerst kam das Mehl für etwa dreissig Brote hinein, dann Wasser und danach – natürlich ganz wichtig – ein Stück Backhefe. Für diese Hefe schickte uns Mama nach Präz, wo man bei Ottilia kleine Stücke davon kaufen konnte. Ottilia war eine für unsere damaligen Begriffe sehr alte Frau. Wir mussten, um zu ihr zu gelangen, beim Barandun-Haus eine alte hölzerne Treppe hinaufsteigen. Die Haustüre war in zwei Hälften geteilt, wie es damals bei diesen Häusern – auch unserem Haus – üblich war. Nachdem es uns gelungen war, das schwere obere Türteil aufzustossen, riefen wir so laut als möglich «Holla!» in den dunklen Gang hinein. Wir riefen «Holla!», nicht «Hallo!», wie das heutzutage tönt. Auch wenn bei uns Leute auf die Haustüre kamen, machten sie sich mit «Holla!» bemerkbar.

Ottilia machte uns immer etwas Angst. Wir fürchteten sie fast wie die Hexe in «Hänsel und Gretel». Weil sie schwerhörig war, dauerte es meist sehr lange, bis sie unser «Holla» hörte. Dann tauchte sie schlurfend aus dem dunklen Gang auf, schaute uns böse an und fragte mit knarrender Stimme, was wir wollten.

Nachdem sie unsere Bestellung verstanden hatte, verschwand sie und tauchte nach längerer Zeit mit der in Papier eingepackten Backhefe wieder auf. Wir gaben ihr das Geld, das Mama uns anvertraut hatte, sagten «tschau!» und rannten erleichtert die Holztreppe hinunter auf die Strasse nach Dalin.

Wenn Mama die Hefe in den Teig geknetet hatte, legte sie ein Tuch über das Becken, damit der Teig warm blieb und besser aufging. Nach etwa einer Stunde war es dann soweit. Der Teig quoll fast aus dem Bottich. Mama nahm ein Stück heraus, warf es auf ein mit Mehl bestäubtes Brett und knetete es dort kräftig durch. Dann brachte sie es in die endgültige Form, schnitt zwei Rillen hinein und legte es auf ein anderes Brett.

So formte sie zwanzig bis dreissig Brote, die dann mit der langen Holzkelle einzeln in den grossen, mit Holz aufgeheizten Backofen geschoben wurden. Brot um Brot. Vermutlich so etwa drei bis vier Brote nebeneinander, bis der Ofen voll war

Diese Brote reichten dann mehrere Wochen, wurden aber mit der Zeit ziemlich hart. Das machte uns jedoch nichts aus, wir hatten ja – dank unserem Zahnarzt Sonder – immer beissfähige Zähne.

MAMAS SCHAFE

Besonders viel Freude hatte Mama an ihren Schafen. Aber sie gaben ihr auch manchen Grund zur Sorge. Es gab immer wieder welche, die an der *Tschaggenfäule* litten. Eine durch Bakterien verursachte Erkrankung der Schafsklauen mit Entzündung und Eiter. Mama schnitt mit einem Spezialmesser den Teil der betroffenen Klauen weg und goss eine dunkle, stark riechende Flüssigkeit darauf. Als Schutz vor Nässe wurde ein Stofflappen um die Klauen gewickelt und mit einer Schnur befestigt.

Besonders viel Freude bereiteten Mama die neu geborenen Lämmchen. Kaum auf der Welt angekommen, versuchten sie aufzustehen, schwankten, fielen wieder hin, standen wieder auf ... bis sie dann, wenn auch noch auf unsicheren Beinen, ihre Mutter suchten, um die erste Milch in ihrem Leben zu geniessen.

Manchmal gab das Mutterschaf aber keine Milch, weil etwas mit dem Euter nicht in Ordnung war, oder es nahm das Lämmchen einfach nicht an. Dann musste Mama das Frischgeborene mit der Milchflasche aufziehen.

Gewünscht wurde natürlich in erster Linie ein weibliches Lämmchen, ein *Auli*, das man in der Herde behalten konnte. Die *Bötschlis* waren aber auch kein Unglück. Wenn sie alt genug waren, wurden sie einem Händler verkauft und brachten etwas Geld ein. Das bereitete Mama allerdings immer Herzweh, weil sie wusste, dass ihre Schafe zum Metzger kamen.

Einmal im Jahr mussten alle Schafe im Dorf eine kurze Strecke durch ein sogenanntes Räudebad schwimmen. Das war jeweils ein Rufen, ein Geschiebe, Gezerre und Gespritze, bis alle Schafe hindurch waren. Mir gefiel das nicht, die Tiere taten mir leid. Aber es war nötig, um sie vor der gefürchteten Schafräude-Klauenkrankheit zu bewahren.

Wenn es Zeit war, die Schafe zu scheren, wurde vor dem Stall ein breites Brett über zwei Holzböcke gelegt, das Schaf wurde an der Wolle gepackt, auf das Brett gewuchtet und an Vorder- und Hinterbeinen mit Holzklammern fixiert. Normalerweise machte das Tier danach keinen Mucks mehr und liess sich ruhig scheren. Die Schafschere musste mit der Hand auf und zu und vorwärts bewegt werden, was Kraft und Fingerspitzengefühl erforderte, wenn man das Tier nicht zu oft verletzen wollte. Es gab aber auch Schafe, die man festhalten musste und die trotzdem geschnitten wurden, weil sie einfach nicht *gschickt* genug waren.

NEUE FÄÄRLI

Ein ganz besonderer Freudentag war für Mama, wenn nach dem Verkauf und der Schlachtung der gemästeten Schweine junge *Fäärli* in den Stall kamen. Das waren jeweils fünf oder sechs rosige, kleine, lustige, herzige Schweinchen, die im Stall herumtollten und mit wohligen Grunzlauten ihre Nasen im Stroh vergruben. Belustigt beobachteten wir, wie sie herumsprangen und unbeschwert ihr Leben genossen. Das vergnügte Lachen von Mama dabei klingt mir immer noch in den Ohren.

Je grösser die Schweine wurden, desto lauter wurden sie auch. Schon lange bevor sie zu fressen bekamen, machten sie einen Heidenlärm. Wenn Mama mit dem Kübel voller Speiseresten und *Blakten* in den Stall trat, steigerte sich die *Canera* so, dass man das eigene Wort nicht mehr verstehen konnte. Nachdem das Fressen dann im Trog war, wurde es schlagartig ruhig. Nur noch ein eifriges, lautes Schmatzen, unterbrochen von lustvollen Grunzlauten, war zu hören.

Nach einiger Zeit hatten sich die herzigen, kleinen, rosigen Schweinchen zu ausgewachsenen Tieren entwickelt. Und leider verströmten sie ein Aroma, das mich einen weiten Bogen um den Schweinestall machen liess.

Sogar wenn Mama nach dem Füttern der Schweine ins Haus kam, zog ich mich manchmal wegen dem penetranten Geruch, der an ihren Kleidern haftete, in mein Zimmer zurück.

METZGETE

Mamas Schweine wurden natürlich nicht nur aus Tierliebe gemästet. Nein, eines Tages sollten aus ihnen Würste, Schinken, *Plätzli* und weitere leckere Esswaren hergestellt werden. Ein Tier wurde für den eigenen Bedarf geschlachtet, die anderen wurden dem Metzger im Tal verkauft.

Wenn dann eines Tages ein Schwein an Ohren und Schwanz vom Stall zum Schlachtplatz beim *kliina Brünnali* gezerrt wurde, quitschte und schrie es aus Leibeskräften. Man konnte seine Hilferufe im ganzen Dorf hören.

Dann ein trockener Knall, und das ehemals herzige, kleine, lustige Schwein hatte sein Leben gelassen. Unter anderem auch für mich, für meine Ernährung.

Das tote Schwein wurde dann in einen grossen Holztrog gelegt und laufend mit heissem Wasser übergossen. Das Brühen war nötig, damit man die Borsten abschaben konnte. Erst, wenn alle Haare weg waren und das Schwein *blutt* im Trog lag, konnte der Störmetzger seine eigentliche Arbeit beginnen.

Das Blut wurde abgelassen und in einem grossen Becken aufgefangen. Der Bauch wurde aufgeschnitten, die Därme herausgenommen und im Brunnen ausgewaschen, weil sie später als Hülle für die Würste gebraucht wurden. Die einzelnen Fleischteile wurden zur Weiterverarbeitung in Becken ins Haus hinauf getragen.

Die Schinken wurden gesalzen, im Keller in einen Rauchschrank gehängt und später mit Wacholderstauden geräuchert. Fleisch wurde durch den Wolf gedreht, wo es in Form von kleinen Würmern wieder herauskam. Dann gesalzen, gewürzt und wieder in den Fleischwolf gefüllt. Und diesmal mit dem Aufsatz für Würste in die gewaschenen Därme gekurbelt. Einige wurden geräuchert, andere wurden als Siedwürste versorgt.

Wenn Blutwürste gemacht wurden, flüchtete ich in mein Zimmer. Würste aus dem Blut vom Schweinen? Das habe ich bis heute nie gegessen. Auch Kutteln nicht und schon gar nicht Leber. Wenn

Mama Leber briet, würgte mich nur schon der Geruch in der Küche, es war unmöglich auszuhalten. Am allerschlimmsten aber war für mich das Auskochen von Schweinefett, um Schmalz zu gewinnen. Da gab es nur eines: Flucht! – Aus dem Haus und so weit weg als möglich.

Die beim Auskochen übriggebliebenen Fleischstückchen, die Grüben, wurden manchmal von Nana in die Hörnli gemischt und mit Schweinefett und gerösteten Zwiebeln übergossen. Die Zwiebeln liess Nana jeweils so lange in der Bratpfanne, bis sie schwarz waren. Ich muss wohl nicht erwähnen, dass ich bei diesem Menu mit leerem Magen vom Tisch ging.

Nach der Metzg füllte Mama Fleischstücke in Einmachgläser, wie es sie heute noch zu kaufen gibt. Der Verschluss wurde mit den gleichen Gummiringen abgedichtet, die wir für unsere Steinschleudern brauchten. Die gefüllten Gläser kamen in eine Pfanne und wurden längere Zeit gesotten. Danach war das Fleisch sterilisiert und für lange Zeit haltbar. Dieser Vorrat kam dann in den kühlen Keller zu den anderen Vorräten wie *Härdöpfel*, Käse, Rauchschinken, Äpfel usw.

Im Frühling machte Mama manchmal ein Getränk aus Holunder. Die Blüten wurden in mit viel Zucker angereichertes Wasser gelegt, der Behälter zugedeckt und gewartet, bis eine bestimmte Gärstufe erreicht war. Dann wurde der Saft in Flaschen abgefüllt. Fertig war der *Holder*sirup.

Wenn dann so eine Flasche geöffnet wurde, gab es einen Knall und ein weiss-grüner Nebel, der mich an den Flaschengeist aus Tausendundeiner Nacht erinnerte, quoll ganz langsam aus der Öffnung hervor.

Erst viele Jahre später, an Geburts- und Feiertagen, öffnete ich wieder Flaschen, deren Inhalt mich an den Holundersirup von Mama erinnerte. Der Alkoholgehalt und auch die Gärstufe müssen allerdings um einiges höher gewesen sein. Denn an der Gipsdecke in unserer Küche ist immer noch eine Vertiefung sehen, die von einem dieser Korken verursacht wurde.

Papa und Mama bei einem festlichen Anlass.

Mama, Barri, Papa mit Enkel Jann, Hans, 1978.

MAMAS ABSCHIED

Anfangs September 2004, ein paar Wochen bevor Mama starb, wollte sie noch einmal auf *Prau Pigniel*. Dort angekommen, setzten wir uns *uf ds Bänkli* vor dem umgebauten Maiensäss und schauten ins Tal, so wie früher. Doch leider war nichts wie früher. Mama war verbittert und klagte, dass man alles verändert habe, dass nichts mehr wäre, wie es einst gewesen sei.

Wir liefen über den Bach und durch die Wiese zum *Seeli* hinauf. Dort setzten wir uns auf den kleinen Hügel, auf dem wir uns früher beim Heuen in der *Mägri* manchmal ausgeruht hatten, und schauten auf den *Tänneliwald* hinab. Sogar davon habe man für die neue Strasse ein paar Tannen gefällt, klagte Mama, es sei nicht zu glauben, was die Leute *hütztag* alles zerstörten. Ich wusste nicht, was ich sagen sollte, weil ich sie noch nie so erlebt hatte.

Ein Marienkäfer flog heran und landete auf Mamas Schulter. Nach einer Weile öffnete er die Flügel. Es sah aus, als ob er wegfliegen wollte ...

Ich streckte meinen Zeigefinger aus, und der Käfer krabbelte auf die Fingerkuppe. Als ich den Finger in die Höhe hielt, breitete er die schwarz-orange getupften Flügel aus und flog davon ... weit hinauf in den blauen Himmel.

Mir kam die letzte Strophe aus dem Gedicht «Mondnacht» von Joseph von Eichendorff in den Sinn:

Und meine Seele spannte
Weit ihre Flügel aus,
Flog durch die stillen Lande,
Als flöge sie nach Haus.

Als Mama und ich wieder neben dem *Tänneliwald* durch die Magerwiese zum Auto hinunter liefen, war ich tief in mich hineingekrochen. Das Erlebnis mit dem Marienkäfer hatte mich seltsam berührt. Mama bemerkte, dass etwas in mir vorging und warf mir einen Blick zu, den ich nie vergessen werde. Es kam mir vor, als ob sie unbewusst schon wüsste, was ich noch nicht wusste, und es gefiel ihr nicht, dass ich bald wissen würde, was sie schon wusste. Anders kann ich es nicht beschreiben.

Erst lange nach Mamas Tod erinnerte ich mich wieder an die Szene mit dem Marienkäfer. Es war ein Hinweis darauf, dass Mama uns bald für immer verlassen und als Seele in den Himmel fliegen wollte und würde. Und so geschah es ein paar Wochen später denn auch.

PAPA

Papa war natürlich der Chef in unserer Familie. Jedoch teilweise auch noch unter der Kontrolle von Nana, seiner Momma, wie eine Begebenheit zeigt, die meine Eltern ab und zu erzählten: Als sie an einem Morgen etwas länger geschlafen haben, sei Nana treppauf, treppab und wieder treppauf gelaufen, um sie aufzuwecken.

Als das nichts gefruchtet habe, sei die Schlafzimmertüre aufgegangen und Nanas Kopf im Türspalt erschienen. Auf ihre Frage: «Fäält äppis?», habe Papa auf Romanisch gerufen: «Sufla tschil!», was soviel heisst wie «Blas miar ins Füdla!»

Wir Buben hatten von Papa von klein auf grossen Respekt. Sein Wort war immer ein Befehl. Was er anordnete, musste ausgeführt werden. Es wäre uns nie in den Sinn gekommen, ihm nicht zu *folgen*. Auf jeden Fall nicht, solange wir noch nicht in der Pubertät waren.

Wenn wir in der Stube spielten und lärmten, vielleicht auch einmal stritten, wurden wir schlagartig ruhig, wenn wir hörten, dass Papa vom Stall herauf ins Haus kam. Es war fast so wie später im Militär, wenn plötzlich *a Höhara* auftauchte. Wir verwandelten uns dann sofort von normal lärmenden Buben in schweigsame Musterkinder.

Als ich in der Pubertät war, sagte Papa einmal zu mir, dass man Kinder dressieren könne wie Hunde. Das machte mich furchtbar wütend! Dass ich nur ein Produkt seiner Dressur sein sollte, das konnte ich niemals akzeptieren. Ich beschloss, ihm das Gegenteil zu beweisen.

Von da an wurde es etwas schwieriger für ihn. Christian und ich wurden aufsässig. Wir gehorchten nicht immer so, wie er es gewohnt war. Damit brachten wir ihn in eine ganz neue, ihm bisher unbekannte Situation.

Als er Christian auf *Pranzolas* ein Heutuch auf den Rücken lud und ihm befahl, es aus der steilen Mägari zum Stall zu tragen, wusste er noch nicht, dass das der Anfang vom Ende seiner Vorherrschaft über uns zwei ältere Buben war. Christian warf die Bürde auf den Boden und weigerte sich, seinen Befehl zu befolgen. Zu unserer aller Überraschung wusste Papa nicht, was tun, und liess ihm seinen Willen.

Eines Tages, ich war etwa fünfzehn, waren wir in *Curtdanos* am Heuen. Ich musste auf den Wagen und das stachelige Heu stampfen. Papa warf mir immer wieder ganze Bündel davon an die nackten Beine. Ich wurde wütend und fing an zu fluchen. Zuerst nicht so laut, dass er es hören konnte. Aber dann wurde ich immer wütender und fluchte immer lauter. Bis Papa anfing zu lachen und mich fragte, was ich denn da oben *umamuli*.

Er fand es lustig, dass ich wütend war. Dass er auf meine Wut mit Humor reagierte, besänftigte mich schnell. Ich hatte zum ersten Mal gewagt, etwas aufzubegehren und sogar eine positive Rückmeldung bekommen. Das stellte mich auf.

Es gibt aber auch schöne Erinnerungen an Papa. Als er noch im Männerchor Heinzenberg war, hörte ich ihn im Stall ab und zu singen. Und wenn er am Melken war und wir Buben in den Stall schauten, spritzte er uns manchmal lachend einen Strahl Milch unter der Kuh hervor ins Gesicht.

Nach einem Marktbesuch in Thusis oder Cazis kam er meist aufgestellt nach Hause, je nachdem wie gut er verkauft hatte. Oft bekamen wir dann eine Schokolade und, als wir älter waren, Kinderrevolver mit den roten Zündstreifen. Damit klöpften wir dann tagelang im Dorf herum, bis uns die Munition ausging.

Einmal durfte ich Papa begleiten, als er mit einer *stierigen* Kuh zum Genossenschaftsstier musste. Wir liefen durch Sarn und von dort über das Porteinertobel nach Flerden. Das riesige Tier schnupperte eine Weile an der Kuh, machte dann einen Satz, sprang auf ihren Rücken, schnaubend, mit weit aufgerissenen Augen. Ich verstand noch nicht, weshalb der Stier sich so aufregte. Auf dem Heimweg band Papa die Kuh vor dem Wirtshaus in Sarn an einen Zaun.

Am Stammtisch sassen mehrere Männer, die Papa alle kannte. Ich – als vielleicht neunjähriger Bub – fühlte mich mit diesen fremden Männern nicht wohl. Das war eine etwas bedrohliche Welt für mich. Ein jüngerer Bauer, eine Bierflasche vor sich, die Zigarette in der Hand, musterte mich intensiv. Dann sagte er etwas zu Papa, das ich überhaupt nicht verstand: «Dia unschuldiga Auge, wo dina Buab no het ...» Was Papa darauf sagte, weiss ich nicht mehr. Aber ich fühlte mich, als ob ich ein kleiner Hund wäre. Von allen angestarrt und begutachtet. Ich wusste nicht, wie das gemeint war, was unschuldige Augen überhaupt waren.

Ein anders Mal durfte ich mit Papa nach Trans zu einem Bauern, der eine Kuh zu verkaufen hatte. Auch dort gab es im Restaurant etwas zu trinken, aber ohne dass mich jemand anstarrte und ich mich schlecht fühlte.

Wenn Papa ins Militär musste, hatten wir für jene zwei oder drei Wochen einen Knecht, der Papas Arbeit im Stall übernahm und auch bei uns ass und schlief. Doch ersetzen konnte er ihn nicht. Wir waren froh, wenn Papa wieder nach Hause kam.

Ich sitze mit einem Bruder am Stubentisch. Die Tür öffnet sich und Papa kommt in seiner grünen Uniform mit den gelben Zeichen auf dem Kragen und den grossen, weissen Wach-

meisterwinkeln auf den Ärmeln, mit dem Tornister auf dem Rücken und dem Karabiner in der Hand vom Militär zurück. Lachend und strahlend.

Er stellt das Gewehr in die Ecke beim Stubenbuffet, nimmt den braunbehaarten Tornister mit dem aufgeschnallten Kaput von den Schultern und legt ihn auf die Ofenbank. Dann breitet er seine Arme aus, drückt uns an sich und sagt liebevoll: «Mini Buaba!» Das berührt mich tief, denn solche Gefühlsregungen bin ich bei Papa nicht gewohnt. Ich habe keine Erinnerung an eine ähnliche Zuwendung.

Einmal schrieb ich in einem Aufsatz, dass mein Vater sehr stark sei und immer den obersten Knopf am Hemd offen habe. Und weil erzählt wurde, dass er beim Pfarrhausbrand in Präz, ohne auf die Gefahr zu achten, in das brennende Haus eingedrungen sei, war ich auch überzeugt, dass er sehr mutig war.

Heute denke ich, dass Papa, trotz seiner Strenge, doch auch sehr grosszügig war und uns viele Freiheiten liess. Wenn wir nicht im Stall oder auf dem Feld gebraucht wurden, konnten wir im ganzen Dorf und im Wald spielen und machen, was wir wollten.

Erst wenn es dunkel wurde und mehrere Mamas im Dorf «heimkoh!» riefen, mussten wir einrücken. Dann stürmten wir ins Haus und in die Küche. Ausgetobt und mit roten Backen drängten wir uns hinter den Küchentisch und erzählten, was wir erlebt und gemacht hatten.

Zum Znacht gab es etwa eine Suppe mit Brot, ein Hafermüesli mit Forsanosa oder gebratene Spaghettireste vom Mittagessen. Ab und zu machte Mama auch *Öpfelrösti*, in der Bratpfanne geröstete Brot- und Apfelstücke. Dazu Alpkäse von unseren Kühen.

In der Küche war es schön warm, weil Mama mit Holz kochte. Seitlich am Holzherd, zur Wand hin, befand sich ein schmales, mit Wasser gefülltes Kupferbecken, das *Schiff*. Wenn Feuer gemacht wurde, gab es so gerade auch noch heisses Wasser für Tee, Kaffee und den Abwasch.

Im Winter waren wir besonders froh um diese Wärmequelle in der Küche. Denn ausser dem Kachelofen in der Stube gab es keine Heizung im Haus. Mama machte uns Bettflaschen, damit wir im ungeheizten Zimmer nicht froren.

Am Morgen verzierten oft wunderschöne Eisblumen die Fenster unseres Schlafzimmers. Und wenn man eine Zeit lang den Finger aufs Fenster drückte, entstand durch die Körperwärme ein Loch im Eis, durch das man ins Tal sehen konnte.

PAPAS ABSCHIED

Papa starb am 7. Oktober 2001. Mama drei Jahre später, am 8. Oktober 2004. Beide an den Folgen einer Operation. Papa erst nach ein paar Monaten, Mama schon, als sie aus der Narkose aufwachte.

Als ich zusammen mit meiner Frau Papa das letzte Mal besuchte, lag er mit geschlossenen Augen auf seinem Bett. Eine Schwester bewegte sein Lager bis ganz nach oben und sagte in rauhem Ton: «So könnt Sie bessar uf Hoharätia gseh!»

Das fand ich seltsam. Wieso sagte sie so etwas, wenn Papa die Augen doch seit Tagen nicht mehr geöffnet hatte. In diesem Moment wusste ich noch nicht, dass es seine letzte Nacht werden würde, die Schwester dank ihrer langjährigen Erfahrung mit Sterbenden hingegen schon.

Nachdem meine Frau und ich das Zimmer verlassen hatten, setzten wir uns im Gang auf einen Stuhl. Nach einiger Zeit fiel ein schwerer Schatten über mich. Dann schüttelte es mich, ohne dass ich etwas dagegen tun konnte.

Und dann wusste ich, dass Papa sich in diesem Moment von mir verabschiedet hatte.

Für immer!

GLOSSAR

Erklärung von mundartlichen und romanischen Wörtern
(Zusammengestellt von A. Heusser)

Alltag · Tätigkeiten · Umgangssprachliches

abanand	auseinander, entzweit, ge-/zerbrochen
äppis, öppis	etwas
Bagaschi	Ware, Gruppe
Bänkli	kleine Sitzbank
blutt	nackt
brüala, brüalsch	weinen, weinst – auch: schreien
brunsen (brunzen)	urinieren, brünzeln
büchlen	bäuchlings Schlitten fahren
Canera	Krach, Lärm, Radau, Geschrei
Christania	Skischwung, Spitzkehre mit Stemmbogen beim Skifahren
Ds, ds	das/die
ds Chalb macha	der Spassmacher sein (Pajass spielen), herumtollen, ulken
a Falla macha	anständig, gut aussehen
Fangis	Kinderspiel 'Ganove und Gendarm'
folga, folgen	gehorchen
hütztag	heutzutage, heute, jetzt
fäält äppis?	fehlt etwas? Ist etwas lose?
folgen	folgsam sein, gehorchen
Fötzel	Fetzen/auch: Dreckskerl, hergelaufener, Fremder
göön/goo/gaan	gehen, verreisen
Grind	Kopf, Schädel
grusen	ekeln
gschickt	geschickt, fähig/auch: folgsam, gehorsam/gesandt
Gschnorr	Gerede, Schwätzerei
Gstürm, Stürmen	aufgeregtes, lärmendes Getue
guat	angemessen, gut, in Ordnung
Guat	Bauerngut, Hof
haua (gut hauen)	schneiden (scharf schneiden)/auch: schlagen, züchtigen

205

heikoh	heimkommen
Himmalärdaschand	Ausdruck massiven Ärgers
Höhara	Höherer, Vorgesetzter, Chef
huara, u huara	verdammt, sehr
Hüsli	Abort, Plumpsklo, Scheisshaus, Trocken-WC – auch: kleines Haus
Klapf, Chlapf	Knall, Schlag, Backpfeife, Ohrfeige
klöpfen	hauen, schlagen – auch: knallen
kli, chli	wenig, ein bisschen
kliin	klein
(du) kriagsch	bekommst
Kutschi	Diwan, Kanapee, Sofa
Lappi	Depp, Dummkopf, blöder Kerl
liadarlich	liederlich, gleichgültig
lupfa, lupfen	heben, hochhieven
magari	vielleicht, könnte sein, etwa
Militärlis	Soldatenspiel
Moh!	Nanu / was soll das?
Molta (Guttla)	aufgeweichter Boden, matschige Erde
Mul	Maul, Mund, Schnauze
Mulorgla	Mundharmonika
nit	nicht
öparam	jemandem
passiera	geschehen, sich ereignen
pitzga, pitzgen	brennen, jucken, zwicken
rächt	angebracht, recht, richtig
renken	lenken, steuern
Säbel	Fechtwaffe wie: Degen, Dolch, Schwert
säga	sagen
schaffa	arbeiten, werken
Schiff	Starkregen / auch: Heisswasser-Becken im Holzkochherd
schicken	Kautabak kauen / auch: senden
Schnuderte	Erkältung, Nasenrinnen, mogelte, schlängelte
Scoletta	Kindergarten (Schule der Kleinen)
schüch	scheu; gehemmt
Sek, Seki	Sekundarschule (Volksschul-Oberstufe)
speuzen	speien, spucken

Scarnuzz	(Papier-)Sack, Tüte
schtalliera (stalliera)	drohen, schimpfen, wettern
stinät	störrisch, abwehrend
Stumpa	Tabakstengel, kurze Zigarre
tätschen	knallen, schlagen
Töff	Motorrad
Tolgga, Tolggen	Makel, Schandfleck(e) im Reinheft
trola/trölen, umatröla	hinunter rollen, rugeln/wursteln, nicht vorwärts machen
Tschau (auch: Ciao)	Hallo, Salü, Tschüss
tschutta, tschutten	Fussball spielen
ufsässig	aufsässig, trotzig, wiederborstig
umamuula	zurückmaulen, schimpfen, garstig sein
ünsch/üs, bi ünsch/üs	uns, bei uns
(nit) varputza	nicht ertragen/mögen; verbrauchen
varwütscha	erwischen
Versli	Kinderreim, kleiner Vers
weglupfen	an-, hochheben

Familie · Verwandtschaft

Mama – Momma /Papa	Mutter/Vater
Eltara/dia Ältara	Eltern/die Alten
Nana – Tata/Neni – Tat	Grossmutter – Oma/Grossvater – Opa
Bäsi /Öhi	Base – Tante/Onkel
Buab/Purscht/Maitli	Bub – Knabe/Jüngling/Mädchen
Kusin / Klikusin	Cousin, Vetter (Sohn eines Onkels)/ Coucousin (Enkel eines Onkels)
Götti – Gotta	Pate Patin, auch: Patenkind
Bagaschi	Bande, Gesellschaft
Kindli	Kindchen
Päärli	Pärchen, Verliebte
Samiklaus	St. Nikolaus, Weihnachtsmann
Saugof	ungezogenes Kind
frächa Siach	frecher, gemeiner Kerl

Balester	Armbrust
Bieli	Beil, Axt
Einachser/Zweichachser	Motorkarren mit ein/zwei Achsen, kleine Mehrzweckmaschine für Feldarbeiten (Mähen, Heu wenden) und Transporte Nach Fabrikat/Marke z. B.: Aebi, Eiger, Rapid
Blacha, Blachen	viereckiges (Heu)tuch aus Jute mit kurzen Bindeseilen an jeder Ecke u. Holzspickeln an zwei Ecken fürs Zusammenziehen; auch: Plane aus Zelttuch für die Abdeckung von Ware, Wagen
Haua	(Kartoffel-)Hacke
Horaschlitta	Hornschlitten zum Heublachen transportieren
Kännel	Dach-/Wasserrinne
Kessi	grosser Blech-/Kupferkessel auf Feuerstelle
Milchtausa, Brente(a)	auf Rücken getragene Milchkanne aus Metall
Piliez	Holzpfeil
Plunder	Gerümpel, Kram, unnütze wertlose Dinge
Sägasa, Sägasi	Sense, Handmähgerät mit langem Holm (Gegenteil mit kurzem Griff: Sichel)
Schrotisa; schrota	Schroteisen, eine Art Spaten fürs Schneiden von Futter aus dem Heustock
Stethoskop	medizinisches Diagnosegerät zum Abhorchen von Holräumen. Hörrohr
tengeln	schärfen der Schneide einer Sense mit Hammerschlag oder mit mechanischem Klemmen zwischen Tengelbacken
Tengelmaschine	Mechanisches Handgerät mit Fusspedal zum Tengeln
Traktörli	kleiner Traktor
Tramen	(Holz-)Balken
Tretscha, Tretsche	aus dünnen Lederstreifen geflochtenes Seil
Schär	Schere
Waffa, Waffis	Waffen im Sinne von: Arbeitsgeräte, Werkzeuge
Wiesbaum	Einseitig abgeplatteter wagenlanger Holzbalken mit Holzzapfen vorn und hinten zur Befestigung der Tretsche, zwecks Sicherung des Heufuders

Blätza	Fleck, Flickstoff, Spickel
gsotta/Gsottas	gar, gekocht/in heissem Wasser Gekochtes
Kaput	Soldatenmantel, langer Wettermantel
Robata	Zügelte, Zügeln
Robi	auf Wagen verladener Hausrat fürs Zügeln ins Maiensäss
Schiff	Heisswasser-Becken im Holzkochherd, seitlich der Feuerstelle
Speuztrückli	Spucknapf
Tröchner	Geschirr-, Hand-, Trockentuch
Tschopasita	Vorder- oder Innenseite des Vestons, Sakkos
Züglete, Züglata	Zügelware, Ortswechsel

Alpöhi	Senn, Alphirt
Barmen	Futtertrog, Anbindstelle fürs Grossvieh neben der Standfläche (Brügi)
Berg	Maiensäss
Bongart, Bongert	Baumgarten, Gehege mit Fruchtbäumen
Brügi	Standfläche des Viehs im Stall
Brünnali	kleiner Brunnen, Wässerchen, Bächlein
Fanilla	Abteil/Geviert im Stall für die Heu- und Emdlagerung neben dem Tenn, meist vom Erdboden neben dem Viehstall bis unters Dach reichend
Feisti	gedüngtes Wiesland, Fettwiese
Gaisstrala	gewundene Geissen-/Ziegengasse (-weg)
Hütta	Hütte, Unterstand
Mahd	Gras-/Heu-/Emdschlange
Mägari, Mägri	ungedüngtes Wiesland, Magerwiese, Bergblumenwiese/Mager-, Bergheu
Mischtbeni	Benne, Aufbau auf Anhänger/Ladefläche für den Misttransport
Mischtlegi (Mistlegi)	Mistlager, -haufen vor dem Stall, seltener auf freiem Feld

Mistete	Mistaustrag, -verteilung auf Acker- und Wiesland
Port	Abhang, steiles Gelände
Schochen	Heu-/Emdhaufen im Freien
schochna, schochnen	Heu/Emd auf dem Feld zu pyramiden-förmigen Haufen schichten zum Schutz vor Fäulnis bei Regenwetter
schtrütscha, strütscha	gemähtes Gras, die Mahd mit der Heugabel auswerfen, verteilen, zetten
Tenn	Heuboden; begeh- und befahrbarer Boden im Heustall, oft über dem Viehstall liegend, von wo die Ernte in die Fanilla geschüttet und eingestampft wird
Traufla	Futter-, Heu-Auffangschacht im Viehstall
tröscha	dreschen
wagsa, gwagsa	wachsen, gewachsen (Feldfrüchte, Körper)
wellna	dürrer bzw. getrockneter Grasschnitt zu Mahden/Dünen zusammenrechen
Forsanosa	Milchgetränk mit Schokoladenpulver (ähnlich Ovomaltine)
Härdöpfel	Erdäpfel, Kartoffel(n)
Holder	Holunder
Hung	Honig, Konfitüre, Marmelade
Pitschgi	Kernobsthaus, Inneres von Apfel, Birne usw.
Plätzli	Fleischschnitzel
Servela(s)	Cervelat; Brühwurst aus Rindfleisch mit Schwarten und Speck
Ticki-Tabletten	gepresste Brause- oder Limonade-Stücke
Znüni/Zvieri/Zmarend	Zwischenmahlzeit vormittags um neun/ nachmittags um vier
Zmorga/Zmittag/Znacht	Hauptmahlzeiten: Frühstück, Mittagessen, Nachtessen
Zückarli	Zückerchen, Süssigkeiten
Blakta – Blakten	grossblättriges Kraut für Schweinefutter, Sauerampferart (ähnliche Form wie Rhabarberblätter)
Holzrugel	in der Regel: meterlanges Stück Rundholz

Niela	dürre Schlingpflanze, Anfänger-Rauchzeug
Wäsali	Rasenstücke
Wasmen	ausgebrochene Rasen- oder Wiesenstücke

Auli – Äuli	Lamm, weibliches Schaf
Biena	Bienen, Immen
Botsch – Bötschli	Bock – Böcklein, männl. Schaf oder Ziege
Brämen	Bremsen, Stechfliegen
Fäärli	Ferkel, junges Schwein
Gaiss – Gaissbock	Geiss, weibl. Ziege – Ziegenbock
Galti = Kalb/Fardel/	Altersstufen des Rindviehs: bis 8 Monate/
Mese/Rind	Jährlinge/1.5 bis 2-jährige/3-jährige
	(galt = ohne Milch)
Ross – Rössli	Gaul, Pferd – kleines Pferd, Rösslein
Rossnägel	Kaulquappen
Schära	Maulwurf, Scher-/Wühlmaus
Schellau	Mutterschaf (Aue) mit der Schelle = Leitschaf
stierig	geil, brunftig, paarungsbereit
Tschagga, Tschaggen	(Tier-)Fuss, Füsse (auch: Bein, Beine)
Veh	Vieh
Wäschpinescht	Wespennest

Geografisches · Ortsnamen · Personennamen

(Orte und Geschlecht entnommen aus/angenähert an <Rätisches Namenbuch> 2. Aufl. 1985)

ds Loch ab	den Abhang, die Treppe hinunter
durab/duruf/durin/durus	durch…hinunter/hinab/hinauf/hinein/hinaus
Höhi	Anhöhe, Bergkuppe
Hus/ds Grossa Hus	Haus, Gebäude/das grosse Haus (in Dalin)
Plätzli	kleine Stelle, Örtchen
Seeli	kleiner See, Teich, Tümpel (auch: Pfütze)
Tola, Tole	Boden-, Talsenke, Vertiefung im Erdreich
Wägli	kleiner Weg, Fusspfad
Wäldli	Hain, Wäldchen

Balveins	wahrsch. abgel. von Balbus (Personennamen)
Baria (Bargia)	Hütte, Schopf (aus vorröm. barica)

Bellavista	schöne Aussicht, Aussichtspunkt
Curscheglias	beim Kreuz, Wegkreuzung
Curtdanos (Curtanos)	Baumgarten-Viertel
Dalín	Fraktion von Präz; erster Nachweis 1224 als ‚de Alüne'; evtl. ein vorrömischer Name
Danlarasch (Danlarisch)	Feld zuunterst (zuhinterst)
Dultschinas (Dultschegnas)	Gebiet mit Beeren (rom. dultsch = süss)
Hoharätia	Burganlage Hohenrätien mit der ältesten Talkirche, hoch über dem Eingang zur Viamala, links von Thusis
Parsiras	Neurodung, von der Allmende ausgenommener Boden
Pranzolas (Planazoles)	kleine Ebene (rom. planezza), bekannt seit 1385
Prau/Pro Pigniel	Wiese bei den Fichten (aus rom. pegn)
Prau tuasch	Wiese/Waldlichtung (tuasch evtl. aus tua, tuf [Tuffstein])
Präz	deutsch fürs Dorf Prez – Herkunft, erster Nachweis 1290–1296 als Paretz, Parez (evtl.: bei der Wand, windgeschützte Stelle)
Quadra	(viereckiges) Acker-/Wiesenfeld
Radönca	Bergwiesen-Kehrordnung (Nutzung)
Raschlinas	Fraktion von Präz; rom. Raschlegnas; erster Nachweis 1512 als Raschlynas Hof (evtl. aus: arsell-ina, ardere [verbrennen] oder aus: resch [Ackerrand])
Runcaleda	gejätetes, gerodetes Gebiet (Land)
Tänneliwald	kleiner Fichtenwald
Balza	Balthasar
Capadrutt	seit 1634 in Präz verbürgter Name, damals als Jeri Cha Padrut; Zusammensetzung aus: Haus und (abgeleitet) Petrus
Chrischta	Christian
Köbi	Jakob/auch: Kerl, Geselle
Nesa	Agnes
Sepp	Josef
Sontg Onna	Heilige/Sankt Anna

Gräv, gräv	das Schwere/Schwierige, schwer/schwierig
mira leu / varda la	schau dort
pintg, Pintg	klein, Kleiner
Merda	Dreck, Sauerei
Nadal	Weihnachten
Plead da Preaz	Sprache von Präz (Dialekt des sutselvischen Romanisch)
Rumantsch in tschiel	Romanisch im Himmel, …des Himmels

NACHWORT

Fünf Jahre ist es her, seit ich mit dem Schreiben begonnen habe. Mein erstes Buch «Ein Bergbauernbub am Heinzenberg» wurde auf Anhieb ein Erfolg. Viele Leute haben es gekauft, gelesen, an Bekannte und Freunde weitergegeben und tun es immer noch. Es ist beinahe ein Klassiker geworden.

Mein zweites Erinnerungsbuch «Vom Bauernbub zum Jünger Gutenbergs», in dem ich meine «Transformation» vom Bauernbub zum Schriftsetzer und die ersten Jahre in dieser völlig anderen Welt beschreibe, hat wenig Leser gefunden.

Vermutlich, weil ich für die Heinzenberger und all die Bekannten aus der Kindheit als «Jünger Gutenbergs» nicht mehr «sicht-» und «fassbar» war.

Anlässlich der «Lange Nacht der Kirchen» am 2. Juni 2023 lud mich Lisa Lanicca ein, in der Kirche Sarn aus dem «Bergbauernbub» vorzulesen. Aber nicht nur. Lisa erlaubte mir, auch noch zwei Episoden aus meinem Buch «Balkon zur Strasse» vorzutragen. Ich wollte den Leuten zeigen, wie ich heute, über sechzig Jahre nach meiner Zeit als Bergbauernbub «ticke». Es dürfte den Zuhörern allerdings schwer gefallen sein, die beiden Geschichten im Stil des *Magischen Realismus**, wo plötzlich Benedikt Fontana und später auch noch Jörg Jenatsch auf meinem Balkon erscheinen, mit dem Bergbauernbub in Einklang zu bringen.

Vielleicht ist mein Roman «Schatten der Vergangenheit» leichter zugänglich. Er spielt im Raum Heinzenberg-Domleschg. Eines Abends verschwindet bei strömendem Regen der Oberstufenlehrer von Präz. Niemand weiss, was geschehen ist. Bis sich Giovanni, ein Bauarbeiter aus Italien, an einen Regenschirm erinnert.

---

* Magischer Realismus ist ein Stil der Fiktion und des literarischen Genres, der eine realistische Sicht auf die moderne Welt zeichnet und gleichzeitig magische Elemente hinzufügt.

BALKON
ZUR STRASSE

WENN DER ALLTAG MAGISCH WIRD

SCHATTEN

HANS
CAPADRUTT

DER VERGANGENHEIT

ROMAN